Lars Oermann
Maikäfer flieg

AF280524

Zum Buch:

Es ist das Ende der Reise des alten Mannes: Fünftausend Meter Deich, die unter seiner Obhut stehen. Dort oben zu sein, um die Sturmfluten abzuwehren, ist die einzige Arbeit, die es im Überfluß gibt. Neun Monate im Jahr Maulwurfsfallen stellen und drei Monate von der Fürsorge leben, das ist der triste Alltag des alten Mannes. Er ist Flüchtling, hier angeschwemmt worden. Sein einziger Freund ist ein Kater, denn im Dorf haben Flüchtlinge keine Freunde. Von denen gibt es nach Meinung der Leute hier zu viele, die hat keiner gewollt, sollen sie doch Landsleute sein, wen interessiert das schon. Als der Kater es schafft, daß der Alte wenigstens ihm und dem Meer erzählt, was er sonst niemandem sagen kann, wird deutlich, warum er nach all dem auf seinem Deich thront und trotz des Aufbruchs im Land nur noch Maulwürfe jagen wird. Lars Oermann zeichnet ein individuelles, ein anderes Bild von Flucht, Vertreibung und Ankunft in Nachkriegsdeutschland, das so exemplarisch ist, daß bei dieser wahren Geschichte bewußt auf Namen, Orte und Zeitangaben verzichtet wurde.

Lars Oermann, geboren 1971 in Bielefeld, lebt in Darmstadt. „Maikäfer flieg" ist seine erste Veröffentlichung.

„Eine bewegende Geschichte, in der die Unmittelbarkeit der Erlebnisse fühlbar wird."
Westfalen Blatt

Lars Oermann

Maikäfer flieg

Erzählung

Bibliographische Information Der Deutschen Bibliothek:
Die Deutsche Bibliothek verzeichnet diese Publikation in der
Deutschen Nationalbibliografie; detaillierte bibliografische
Daten sind im Internet über <http://dnb.ddb.de>

Herstellung und Verlag: Books on Demand GmbH,
Norderstedt
ISBN 3-8334-1388-3

Maikäfer flieg,
Dein Vater ist im Krieg,
Deine Mutter ist in Pommernland,
Pommernland ist abgebrannt …

1

Grau und schwer hatte sich der Himmel über den weit fortgeschrittenen Morgen gesenkt. Doch Bedrohliches oder gar Furchteinflößendes ging nicht von ihm aus. Dieser Morgen war einer wie viele hier. Bloß natürliches Anzeichen für eine Jahreszeit, die man überall dort, wo es Wald gibt, getrost Herbst nennen kann. Hier jedoch hatte es nie Wald gegeben. Und so war in diesem Landstrich jene Jahreszeit ohne Namen geblieben, war nur das Fließen des abklingenden Sommers in den nahenden Winter.

Nicht abfallende Blätter waren seine Vorboten, sondern vielmehr starke Winde, deren Kraft noch zu schwach war, um Sturm sein zu können, eine rauhe See, die ihre mattweißen Gischtkronen mit unerbittlicher Beharrlichkeit auf den Strand zu und gegen die Deiche schleuderte, und ein Morgen wie dieser, dunkelgräulich wolkenverhangen, mit der Vorankündigung auf Regen und der Gewißheit von Schmerzen für wetterfühlige Knochen.

Das Dorf, das sich in diese Szenerie eingebettet hatte, war wie alle anderen Dörfer an der Küste ein unscheinbares Nichts. Wegen seiner Unbedeutendheit hatte es nicht einmal Eingang in eine Eisenbahnkarte gefunden. Der nächste Bahnhof lag in der Stadt, in die einmal am Tag ein Bus fuhr, der des Morgens die Leute zur Arbeit brachte, um sie des Abends wieder heimzubringen.

Denn außer Metzger, Kaufmann, Gastwirt, Briefträger und Bürgermeister hatte dieses Nest keine anständige Arbeit zu bieten gewußt. Und da ohnehin nur schwerlich eine Anstellung zu finden war, machten sich die Leute schon früh des Morgens, noch ehe es richtig hell war, in die Stadt auf, wo die Fabrik, in der sie arbeiteten, ihre Tore hatte. Des Abends dann kamen sie müde heim, nahmen das Abendbrot zusammen mit ihren Familien zu sich, hörten ab und an eine Sendung im Radio, vorwiegend Unterhaltsames, legten sich zu Bett und ließen dieses Spiel fünfmal die Woche Morgen für Morgen erneut beginnen.

Der Großteil von ihnen hatte sein ganzes Leben in diesem Dorf verbracht. Sie alle waren so fest hier verwurzelt, daß den meisten allein schon der Gedanke, jemals in einer anderen Umgebung leben zu müssen, eine Höllenangst eingejagt hätte. Für sie waren das Meer, die Marschen, die beruhigende Wiederkehr von Ebbe und Flut, das rauhe, regnerische Klima und der Geruch von salziger Luft Heimat- *ihre* Heimat. Nur wenige unter ihnen waren nicht hier geboren, waren vor langer Zeit zugereist, hatten eingeheiratet oder waren als Treibgut angeschwemmt worden. Zwar gehörten sie alle dazu, irgendwie zumindest, aber zu einem von hier war keiner dieser Leute geworden.

Den Lebensmittelpunkt dieses Dörfchens bildete der Markt, um den alle wichtigen Gebäude mit ihren schmutzroten, von der Zeit schon abgenutzten Ziegelsteinfassaden gebaut standen.

Eine einzige Zufahrtsstraße von Osten her besaß das Dorf. Eine andere aus südlicher Richtung, die in Angriff hatte genommen werden sollen, war außer auf der Wunschkarte des Bürgermeisters nirgendwo verzeichnet. Die Hauptstraße war mit schwarzem Kopfstein bepflastert. Rund, glänzend und bei Regen eine Gefahr für jeden hetzenden Radfahrer.

Unter der Woche bot sich tagsüber immer das gleiche Bild: tratschende Frauen, alte Männer und mit Büchsen spielende Kinder waren auf der Straße zugegen. Keiner von ihnen war in irgendeiner Weise auffällig, alle in einem beruhigend langweiligen Maße mehr als gewöhnlich. Die Frauen waren durchweg mit grauen oder braunen Filzröcken bis weit über die Knie, einfarbigen, zumeist dunklen oder beigen Blusen und robusten Strickjacken bekleidet. Die schulterlangen Haare waren hier und da mit einer Spange oder einer Nadel ein wenig hochgesteckt. Alleine die, die sich in einem Anfall von plötzlicher Eitelkeit eine durchweg unansehnliche Dauerwelle hatten machen lassen, ragten aus der uniformierten Masse ein Stück weit hinaus. Die alten Männer hatten ihre gichtigen Knochen auf ebenso betagten, zumeist morschen Bänken gelagert, beschnackten dicht beieinander alte Zeiten oder gingen, mit ihren gekrümmten Rücken auf ihre Stöcke gestützt, einzeln den Gehweg auf und ab. Hin und wieder hoben sie drohend ihr Gehholz in einer seltsamen Mischung aus spontaner Wut und rheumatischer Lethargie, um allzu forsch vorbeihuschende Kinder, die

Fangen spielten und denen die Alten nur unliebsame Hindernisse waren, Mores zu lehren.

Nur ein Mann mit schneeweißem Haar, der bestimmt zehn Jahre jünger war, als dies sein Mittsiebzigeraussehen vermuten ließ, hob sich dadurch von den anderen ab, daß er keinen Stock in der Hand, sondern einen Spaten über seine Schulter gelegt hatte. Im Vorbeigehen grüßte er alle, die dies von ihm erwarteten, indem er freundlich nickte und seinen Spaten ein wenig aufrichtete. Ein kurz angebundenes `Moin` schlug ihm dabei jedes Mal entgegen. Ein Gruß, der ihm trotz der Jahre, durch die hindurch er hier lebte, fremd geblieben war.

Sein Gang war ebenso gerade und aufrecht, wie er träge und behäbig war. Streng genommen konnte man seine Art der Fortbewegung auch nicht Gehen im eigentlichen Sinne, also ein bewußtes Heben und Senken der Füße in einer stetigen Abfolge, nennen. Seine Knie nämlich schienen bei diesem Vorgang gar nicht existent, die Beine waren in einer unnatürlich auffälligen Weise in jeder Phase der Bewegung gerade wie zwei Stöcke und die Füße wollten partout den Erdboden nicht um einen Zentimeter verlassen. So schob er sich mehr vorwärts, als daß er geradeaus ging. Sein ganzes Repertoire an sonstigen alltäglichen Bewegungen - vom Umfang ohnehin recht spärlich - war von einer geradezu beruhigend angenehmen Langsamkeit.

Nach einer guten Weile hatte er den Weg erreicht, der die Fortsetzung der Hauptstraße bildete, vielleicht 200 Meter hinter dem Marktplatz begann und weitere 200 Meter darauf zu einem Pfad versandete, der direkt vor dem Deich endete. Dieser Schutz vor den Gezeiten war der einzige Ort, an dem das Dorf für seine Bewohner Arbeit hatte. Außer dem angeschwemmten Alten aber hatte sie trotz der schlechten Zeiten niemand machen wollen. Die Art der Arbeit hier oben war nicht sonderlich anspruchsvoll oder gar schwierig, eher monoton und sicherlich in einem hohen Maße langweilig.

Der Alte jedoch hatte sich zu helfen gewußt, indem er seine Verrichtung als eine Art Wettspiel aufzufassen gelernt hatte. Neun Monate galt es im Jahr das fünf Kilometer lange und zehn Meter hohe Bollwerk aus Sand, Erde, Holzverstrebungen und versiegelndem Gras in einen Zustand zu versetzen, der es ihm in den drei Wintermonaten, in denen Stürme und Springfluten seinen Deich beharkten, ermöglichte, ruhigen Gewissens von der Fürsorge leben zu dürfen.

2

Seit langer Zeit schon hatte der Mann jeden Tag, den er hier hinaufging, einen Gefährten, der ihm bei der Arbeit behilflich war und seine Pausen kurzweilig gestaltete. Dieser Bursche war so etwa einen Fuß hoch und zwei Fuß lang, in ein grauschwarzes Kostüm gekleidet, von äußerster Wendigkeit und ohne jeden Zweifel herrenlos.

Wie der Kater und der Mann sich kennengelernt hatten, hätte wohl keiner mehr von beiden sagen können. Doch verstanden hatten sie sich, zuerst noch ein wenig abtastend, dann aber umso herzlicher, vom ersten Moment an. Zwischen ihnen hatte sich in all den Monaten außer einer großen Freundschaft noch eine nicht unbeträchtliche Anzahl stillschweigender Übereinkünfte entwickelt, die ihr ohnehin nicht besonders anstrengendes Leben noch ein gut Teil erleichterten. So begann jeder Morgen mit einem beinahe schon zeremoniellen Ritual. Der Alte setzte sich auf die Deichkrone, kramte eine Pfeife und ein Beutelchen Tabak aus seiner Jackentasche, kratzte den Pfeifenkopf ein wenig sauber, ließ ganz fein zerbröselte Tabakschnipselchen in ihn hineinfallen, stopfte eine gröbere Schicht darüber, um eine dritte oben schließlich mit seinem Daumen festzupressen. Genüßlich schmauchte er ein, zwei Züge des vanillierten, süßlich duftenden Tabaks und wandte sich dem Kater zu. Dieser hatte es sich längst schon an der rechten Seite des Mannes bequem gemacht und stellte sich nun, durch dessen Blick aufgefordert, ganz gemächlich auf seine vier Beine, um im nächsten Augenblick bereits, eine Abfolge von Bewegungen zu vollführen, die dem Mann, jede für sich genommen, wohlbekannt waren.

Diese Aneinanderreihung einzelner Bewegungen nämlich stellte nichts anderes als einen Arbeitsplan dar, dessen Reihenfolge der Kater dem Mann Morgen für Morgen vorgab. In der Welt des Tieres gab es keinen unnötigen

Kräfteverzehr oder gar eine Überforderung. Ganz ruhig und ohne jede Hast verrichtete es sein Tagewerk. Es hatte eine Weile gedauert, ehe der Mann sich dessen bewußt geworden war. Seitdem aber hatte er dieses Verhalten seines Gefährten zu schätzen und zu nutzen gelernt. Nach Vorgabe des Katers zu arbeiten, hatte sich nämlich als eine sehr angenehme und in den Augen des Deichwartes obendrein noch effektive Angelegenheit herausgestellt.

So saß er auch an diesem Morgen da, zündete sich sein Pfeifchen an, schaute ziellos auf das Meer und ab und an mit einer kindlich erwartungsvollen Miene auf den Kater. Von den Blicken aufgefordert, bequemte sich dieser, entfernte sich schnellen Schrittes von dem Alten, um dann wiederum ganz gemächlich auf ihn zuzutrotten. Zwischendurch hielt er immer wieder inne, klopfte mit seiner linken, schwarzweiß gescheckten Pfote auf den Grasboden und leckte sie danach ab. Wieder angekommen, ließ er sich neben dem Mann nieder, wandte ihm seinen Kopf zu und drehte ihm die Seite hin. So verharrte er ein paar schnurrende Augenblicke, um sich dann mit prüfendem Blick wieder von dem Mann zu entfernen. Der lächelte zufrieden, einen Schmauch aus seiner Pfeife tief in seine Backen ziehend, und sagte: "In Ordnung, mein Guter, so werden wir es machen. Aber eins sag´ ich dir gleich: Deine Belohnung erhältst du heute nur, wenn ich mindestens drei Mäuse sehe. Haben wir uns da verstanden?"

Sein Blick musterte den Gefährten forschend, der sich aber dieser Forderung wegen nur gelangweilt von dem Alten wegdrehte. Nachdem er sein Pfeifchen zu Ende geraucht hatte, machte er sich vom Boden auf, nahm seinen Spaten und wies mit diesem in Richtung des Endes seines Deichabschnittes, der an guten Tagen, an denen er sein Schrittmaß einhielt, zwischen 7123 und 7143 Schritten lang war, sich an schlechteren jedoch schon einmal auf über siebeneinhalbtausend Schritte ausdehnen konnte.

"Du hast Recht. Laß uns zuerst das gute Stück inspizieren", sprach er.

Schnellen Schrittes machte er sich auf und wußte den Kater dabei immer neben sich oder um seine Beine traben. Dieser erste Gang galt der Deichkrone und der flachen zum Meer hin abfallenden Seite. Hielt er es für nötig, ging er ein Stückchen weit hinunter und schlug mit seinem Spaten die eine oder andere Grasplacke, die die nächste Flut zu lösen drohte, mit einem gekonnten Schlag wieder wasserfest.

Der Kater indes schärfte jedes Mal, wenn der Mann durch seinen skeptischen Blick und verlangsamten Gang andeutete, daß er hinabsteigen wollte, seine Krallen und machte sich auf die Jagd nach dem einen oder anderen feldgrauen Nager. Obwohl sich diese kleinen Geschöpfe der Konsequenzen ihres wühlenden Tuns nicht im mindesten bewußt waren, gefährdeten sie doch mit ihren Artgenossen und Schaffensbrüdern die Stabilität des Deiches im ganzen und galten aufgespürt zu werden.

Nicht immer hatte der Kater Erfolg. Heute morgen jedoch hatte er bereits nach zwei Dritteln des Weges zwei erfolgreiche Versuche zu verzeichnen. Und nach nicht ganz drei Vierteln hatte er sich seine Belohnung, die für einen normalen Kater doch recht seltsam anmuten mochte, vollends verdient. Denn nicht auf Fisch oder andere Leckereien lautete das Abkommen der beiden, wie man dies vielleicht hätte erwarten und verstehen können.

Nein, die zwei hatten sich anders verständigt. Der Mann mußte dem Kater als Gegenleistung für die erbeuteten Mäuse den Bauch kraulen und in seinem Gedächtnis nach Geschichten aus seiner Vergangenheit kramen. Diese stillten beim Kater ganz offensichtlich eine beinahe schon menschliche Neugier, welche der Mann auf eine einfache, aber in ihrer Art doch ausgeklügelte Weise zu wecken und verstärken gewußt hatte.

Die Anzahl der Mäuse, die der Kater fangen mußte, machte er immer vom Unterhaltungswert der Geschichte und vielleicht ein bißchen mehr noch von der Art abhängig, wie sie ihm über die Lippen kam. War es einfach für ihn, darüber zu sprechen, verlangte er nur eine Maus, manches Mal auch zwei. War es eine Geschichte, die er nicht jedem erzählen wollte, erhöhte sich die Zahl der zu fangenden Mäuse um ein oder zwei Stück, und handelte es sich um eine Sache, mit der er sich von vornherein nur schwer auseinandersetzen konnte, erhöhte er noch einmal um drei oder vier Mäuse.

So hatten die beiden dieses Spiel bereits den ganzen Sommer hindurch gespielt, und der Kater hatte viel über

Mann erfahren. Erzählt wurde vor allem in der lang ausgedehnten Mittagspause. Der Alte hielt dabei immer seine Pfeife in der einen Hand und streichelte mit der anderen sanft den ihm gefällig zugedrehten, weißfelligen Bauch. Der Kater indes lauschte auf eine beinahe menschliche Weise geduldig und interessiert den Ausführungen des schlohweißhaarigen Deichwärters. Auch diesmal verhielt es sich nicht anders.

Die beiden waren von ihrer Inspektionsrunde zurückgekehrt und setzten sich, ein wenig Mittag zu machen. Der Alte holte seine Brote und die Thermoskanne mit heißem, schwarzem Tee aus seiner Tasche, legte ein Brot dem Kater hin und aß in aller Ruhe, was ihm seine Frau des Morgens zubereitet hatte. Darauf lehnte er sich zurück, steckte sein Pfeifchen an, nahm ein, zwei kräftige Züge und wandte sich dem Kater zu. Der lag bereits auf der Seite und war bereit, den Lohn seiner Mühe in Empfang zu nehmen. Der Alte begann, seinen Blick auf das durch die Ebbe weit zurückgezogene Meer gerichtet, mit seinen Fingerspitzen, den Bauch des Katers behutsam zu streicheln.

"Gut mein Lieber", sagte er, "du hast Glück. Dein Pfötchen ist da in etwas hineingetappt. Was heißt etwas?" sprach er und lächelte über das ganze Gesicht. "Nein, nicht etwas, mein Junge. Das größte Ereignis in unserem Dorf seit Erfindung der Hungerharke. Das schwerste Verbrechen, daß sich jemals in unserer Gegend ereignete. Und dabei handelte es sich wahrlich nicht um geklaute Milch. Nein, mein Lieber, darum nicht!" sagte er und unterbrach einen Augenblick, um einen heißen Schmauch seines Pfeifchens zu genießen. "Mittlerweile muß das ganze schon über fünfundzwanzig Jahre her sein", fuhr er fort, wobei er dem Kater aus tiefster innerer Freude und mit sichtlicher Genugtuung eindringlich zunickte. "Eins schicke ich gleich voraus", hob er von neuem an. "Ich war, als das alles passierte im Nachbarort, hatte also mit alledem nichts zu tun. Nicht, daß dein hoffentlich guter Eindruck von mir getrübt wird, mein Bester.

Nun gut, auf jeden Fall kam meine Frau des Abends von Bekannten heim, allerdings von solchen, mit denen ich nichts am Hut hatte. Du weißt ja, ich war anderswo. Wie immer ging sie durch die Hintertür ins Haus und schon in der Küche überkam sie das Gefühl, daß etwas nicht stimmte. Es roch, als hätte jemand eine Kokelei veranstaltet. Aber wie dies so ist, du denkst dir nichts weiter dabei, bis du schließlich auf etwas stößt, was dir den Schreck in die Glieder treibt und dir jeden klaren Gedanken unmöglich macht.

In diesem Falle waren das ihre Schwiegereltern, sprich mein Vater und meine Mutter, die reglos in ihren Betten lagen. Meine Frau rüttelte und schüttelte sie, doch die beiden waren wie tot. Was sie auch mit ihnen anstellte, sie wollten einfach nichts von sich geben. Zu Recht fürchtete sie das Schlimmste und wußte in ihrer Not nicht ein noch aus. Und so fand sie meine Tante, die zufällig vom Dorf vorbeigekommen war, hilflos neben den beiden zwischen

Bett und Webstuhl knien, wie sie verzweifelt versuchte, die Alten wieder unter uns zu holen. Zwar begriff auch sie nicht, was geschehen war, schickte aber meine Frau sofort ins Dorf, den Arzt zu holen.

Diese rannte, so schnell ihre Beine sie trugen und soweit dies der Eintopf in ihrem Kopf zuließ. Meine Tante hingegen war geradezu unnatürlich ruhig, und sah sich als erstes gemüßigt, für den ankommenden Arzt, das Zimmer gründlich aufzuräumen. Denn in ihrer Gedankenwelt stand der Arzt gleich hinter dem lieben Gott, und der haßt ja bekanntlich allen menschlichen Unrat. Auf alle Fälle schaffte sie erst einmal den Eimer mit den heruntergebrannten Kohlen aus dem Zimmer, der die in Stärke eingelegte Flachsmasse für das Weben trocknen sollte.

Es wird nicht lange gedauert haben, bis meine Frau mit dem Doktor eintraf - eine halbe Stunde allenfalls. Doch diese Zeit hatte offensichtlich ausgereicht, daß die Frauen aus den umliegenden Häusern sich hatten einfinden können, um diesem Ereignis in gebührender Zahl beizuwohnen. Meine Frau schaute immer wieder nur voller Angst den Doktor an und schrie:

'Sie sind tot, mein Gott, sie sind tot!'

'Nun warten wir doch erst einmal ab', wollte sie der Doktor beruhigen, 'Lassen Sie mich sie doch erst einmal untersuchen!'.

Sie aber war vollkommen außer Fassung und hörte hinter sich schon:

'Man hat die beiden vergiftet!'

Als wäre der Schreck um das Wohlergehen meiner Eltern noch nicht des Unglücks genug gewesen, hatte das tratschsüchtige Weibsvolk aus alledem gleich ein Verbrechen gemacht. Zwar stellte der Arzt im folgenden fest, daß die beiden noch am Leben waren. Doch auch er schaffte es nicht, daß sie wieder zu sich kamen. So lagen sie die nächsten zwei Tage in tiefer Bewußtlosigkeit, und je länger diese andauerte, desto hartnäckiger verbreiteten sich die Gerüchte. War man sich zuerst nur darüber einig, daß man die beiden vergiftet hatte, meinte man, im Laufe des zweiten Tages bereits den Täter zu kennen.

'Ob sie sich überhaupt mit ihren Schwiegereltern konnte? Ich meine, wer hat die beiden denn zuerst gefunden?'

Da auch der Arzt von Vergiftung ausgehen mußte, war bereits am Abend des zweiten Tages ein gewichtiger Polizist aus der Stadt zugegen, der uns alle befragte. Nach allerlei Nachforschungen und einer vollkommenen Voreingenommenheit und wahrscheinlich auch berauscht von der Größe des Falles, hatte der Polizist sich darauf versteift, daß meine Frau ihre Schwiegereltern mit einer vergifteten Milchsuppe um die Ecke hatte bringen wollen. Auch daß unsere Tochter von der Milchsuppe gegessen hatte und trotzdem quietschvergnügt herumlief, konnte ihn von seiner einmal gewitterten Fährte nicht wieder abbringen.

Das einzige, was ihm noch fehlte, waren zwei Tote und die endgültigen Beweise. Mein Vater jedoch wollte ihm den

Gefallen nicht tun zu sterben, außerdem hielt er seine Zeit noch nicht für gekommen. Jedenfalls stand er nach drei Tagen von den Toten auf, fuhr zwar nicht auf in den Himmel, dafür aber mit mir und noch sichtlich geschwächt in die Stadt, um zur Aufklärung beizutragen.

Dort auf der Amtsvorsteherei konnte er sich aber einfach nicht erklären, was genau vorgefallen war. Da der Polizeibeamte jemand zu sein schien, der das Recht so auslegte, daß man ihm erst einmal beweisen mußte, daß seine Verdächtigen unschuldig waren, und wir auch den Herren Amtsvorsteher mit seinem eitlen Hämmerchen nicht überzeugen konnten, hatten wir den Weg umsonst gemacht und mußten ohne meine Frau diese beiden blinden Fährtenhunde der Justitia wieder verlassen.

Am Abend des gleichen Tages kam auch meine Mutter wieder zu sich, zwar noch reichlich durcheinander, aber zumindest wieder unter den Lebenden. Doch auch sie vermochte sich nicht genau an das zu erinnern, was vorgefallen war. Die Flachsmasse habe sie trocknen wollen und dabei habe sie sich ein wenig hingelegt. Ich dachte mir noch nichts dabei, denn das tat sie alle Tage: Einen Blecheimer nehmen, ihn mit vorgeglühten Holzstückchen füllen und ihn unter die mit Stärkepaste vorbereitete Flachsmasse am Webstuhl stellen.

Erst als ich am nächsten Morgen den von meiner Tante beiseite gestellten Eimer erblickte, begann es mir zu dämmern. Der hatte nämlich keinen Metall-, sondern, weil er schon alt und ausgebessert war, einen Holzboden, der ein wenig angesengt war. Sofort lief ich ins Dorf zu unserem Doktor und zeigte ihm den Eimer. Der schlug nur beide Hände über seinem Kopf zusammen und hätte sich am liebsten selber ohrfeigen mögen.

'Darum roch das so verbrannt!' schrie er mit dem Ausdruck der Erkenntnis auf seiner hohen Stirn. 'Eine Kohlenmonoxidvergiftung. Die beiden Alten hätten sich beinahe selbst ins Jenseits befördert. Lassen Sie uns schnell auf die Polizei gehen und die Sache aufklären. Ich habe gehört, man hat ihre Frau dabehalten', sagte er mit einem ungläubigen Kopfschütteln.

Ich nickte.

'Als würde sie unserem übereifrigen Dorfgendarmen und dem Amtsvorsteherlein weglaufen. So ein Unfug!', setzte er hinzu.

Als wir dann auf der Wache in der Amtsvorsteherei waren, schaute uns der Polizist dann auch zuerst reichlich unwillig und erstaunt über die Wendung des Falles an und wollte immer noch nicht recht glauben, mußte meine Frau aber umgehend freilassen und das angestrengte Verfahren einstellen.

Und eins sage ich dir, mein Guter, seit jenem Vorfall hasse ich alle Leute, die aus reiner Tratschlust Gerüchte aufkommen lassen. Und den Glauben an die Obrigkeit und ihre Vertreter habe ich spätestens seit der Begegnung mit jenen beiden Menschen verloren. Ja, so hat sich das damals zugetragen, mein Lieber!" sagte er, schaute dabei den Kater an und genoß einen tiefen, bedeutungsschwangeren Zug aus seinem Pfeifchen. Seine Finger tasteten sanft das Fell seines Gefährten, und sein Blick richtete sich auf das näherkommende Meer.

Eine ganze Weile ließ er seine Augen von einem Punkt der grünen Wüste zum anderen wandern. Sanft und ruhig umspielten deren kleine Wellen den Fuß des Deiches. So friedlich wirkten sie, so harmlos schien ihre Berührung, daß es dem alten Mann vorkam, als sei er überflüssig und fehl an diesem Platz. Und wenn er an die alles vernichtenden Wellen einer Sturmflut dachte, war er das dem Grunde nach auch.

"So mein Jungchen, auf, auf! Wir wollen wieder an den Ernst des Lebens denken", sagte er und zwinkerte wohlwissend mit dem rechten Auge. "Was, sagtest du noch gleich, steht für den heutigen Nachmittag auf dem Programm?" sprach er und sah den Kater in der Hoffnung auf ein Zeichen an.

Der schien etwas ungehalten über die scheinbare Geistesvergessenheit des Mannes und wartete erst einmal einige Augenblicke ab. Nur zögerlich rollte der Kater sich auf seine vier Beine. Wie bei seiner Vorführung am Morgen schaute er prüfend wie ein gestrenger Revisor in der Gegend umher, ging ein paar Schritte, um schließlich noch einmal den gleichen Blick aufzusetzen.

"Oh, mein Lieber, entschuldige, daß ich das nur vergessen konnte!" rief der alte Mann und hob seine Rechte in

Richtung des Katers. "Also gut, laß uns noch die Maulwurffallen prüfen, bevor wir für heute Schluß machen!"

Einträchtig gingen die beiden nebeneinander her, und alle fünfzig Meter schaute der Mann, ob sich nicht einer dieser Wühler in einer der Eisenfallen den Tod geholt hatte. Dabei wußte er ganz genau, daß er in den ersten fünfzig Fallen, die auf der Rückseite des Deiches so etwa auf halber Höhe angebracht waren, nichts finden würde. Dieses Gebiet nämlich hatte er den Sommer hindurch so hartnäckig zu bearbeiten gewußt, daß die Maulwürfe sich auf die zweite, weiter hinten gelegene Hälfte zurückgezogen hatten.

Am heutigen Tage aber brachte ihm auch das zweite Teilstück keinen besonderen Erfolg. Nur ein einziger Wühler war in seine Falle getappt und hatte die ihm eigene Gier mit dem Leben bezahlen müssen. So richtete er bloß die Falle mit drei, vier schnellen Handgriffen wieder her, schritt den Rest ab und machte sich mit dem Kater wieder auf den Rückweg. Dort angekommen, packte er seine Sachen, trennte sich von dem Kater und machte sich auf den Heimweg.

3

Hinter dem Marktplatz bog er in ein kleines Seitengäßchen, das nicht wie die Hauptstraße mit Kopfsteinen bepflastert war, sondern, von Erdfurchen mit Moos durchzogen, Ziegelsteine als Belag aufwies. Diese vom herniedergehenden

Regen matt glänzenden Steine schienen trauriges Spiegelbild der uniformierten, sich rechts und links des Rinnsteins wie Zinnsoldaten aufbauenden Häuschen zu sein.

So ordentlich reihten sie sich aneinander, so artig sahen sie aus, daß man sich ohne schlechtes Gewissen leicht dazu verleiten lassen konnte, von ihrer Form auf ihren Inhalt zu schließen. Die Vorgärten, umgeben von Zäunen, planiert mit Gras, eingerahmt von dunklen Beeten ohne Blumen, waren von so berückender Schönheit, Ordnung und Sauberkeit, daß jeder Vogel, der über diese Areale hinwegflog, Angst haben mußte, Druck in seinen kleinen Gedärmen zu verspüren.

Dieses eindrucksvolle Spalier von Reinlichkeit und Rechtschaffenheit schritt der alte Mann ab, bis fast an dessen Ende das Haus auftauchte, in dem er mit seiner Familie wohnte.

Mit ihnen wohnte ein Mann, der etwa im selben Alter wie der Deichwart war. Das heißt, eigentlich wohnten er und seine Familie bei diesem Menschen, einem unangenehmen Zeitgenossen, dem irgendwann die Frau weggelaufen war. Dieser Zustand ging nun bereits ins sechste Jahr, da man sie hier einquartiert hatte.

Der Hausherr war mit Leib und Seele ein Einheimischer. Schon immer hatte er hier gewohnt und wollte auch bis zum Ende seines Lebens sein Dasein in diesem Ort fristen. Und in dieses Nest wohlgeplanter, langweiliger, aber zutiefst angenehmer Daseinsfreude hatte man ihm dieses Kuckucksei gelegt.

Fremde waren das. Einfach nur Störenfriede.

Wie - gleiche Nationalität? Wen interessierte das schon - ihn zumindest nicht.

Und Krieg - wieso Krieg? Mußte er etwa die Zeche dafür zahlen? Die wurden doch ohnehin schon besser behandelt als alle anderen. Denen waren doch die Wohnungen nur so zugeschanzt worden! Denen pumpte man das gute Geld einfach in den Arsch - und wofür? - Fürs Nichtstun. Faules Pack.

So öffnete er in seiner grenzenlosen Anständigkeit und seiner zuvorkommenden Wesensart jeden Abend die Tür für den Deichwart. Denn einen Haustürschlüssel hatte er die sechs Jahre hindurch vorzuenthalten gewußt.

Wo kommen wir denn da hin? Dann müssen Sie halt bis zehn Uhr abends zu Hause sein. - Ach Miete zahlen Sie? - So, so, aber deswegen gehört Ihnen noch lange nicht das ganze Haus!

Kaum stand dann der alte Mann im Türrahmen, begann der Hausherr mit seiner allabendlichen Litanei an Beschwerden. Und das, was er vorzubringen hatte, sprach er nicht einfach nur so aus. Nein, er machte seine Diele zur Bühne und hielt eine Darbietung ab, die eines großen Schauspielers würdig gewesen wäre, der sich auf cholerische Charaktere spezialisiert hatte. Es gab aber auch Tage, an denen sich dieses Spektakel auf angenehme fünf Minuten beschränkte. Nur waren diese zugegebenermaßen äußerst selten, denn nicht umsonst war dem Herrn Hausbesitzer von einem gefügigen Quacksalber bescheinigt worden, daß er wegen seines Rheumas wohl nie mehr einer geregelten Arbeit nachgehen könne.

Aber wie es das Glück so wollte, schien heute einer der ruhigeren Tage zu sein. Hing wohl auch mit dem kleinen Lotteriegewinn zusammen, den dieses nette Exemplar Mensch über das Wochenende gemacht hatte. Ohne große Umschweife und eine lange Einleitung, wie dies sonst gewöhnlich der Fall war, begann er:

"Kommen `se rein. Ihre Tochter, wie oft habe ich dem Balg schon gesagt, wenn Mittagspause ist, dann schlafe ich. Dann will ich verflixt noch mal niemanden hören. Ich brauche meine Ruhe!"

"Jawohl!" nickte der alte Mann pflichtschuldigst, wohlwissend, daß er sich so - betont unterwürfig - diesem Menschen auf die schnellste Art entziehen konnte. Bisweilen ließ er sich sogar in einem an Sarkasmus kaum noch zu überbietenden Unterton dazu hinreißen, seinen geistig eingegrenzten Freund in seinen Ansichten wohlmeinend zu unterstützen.

"War sie etwa laut, die Kleine? Neunzehn und immer noch so ein unartiges Ding. Ich sollte sie öfter mal übers Knie legen!" sagte er keck und ahmte mit einer flinken Bewegung aus dem Handgelenk einen Klaps nach, in der Art wie ihn Kleinkinder verabreicht bekommen.

"Ein böses Mädchen, einfach ihren Schlaf stören. Wo sie ihn doch so nötig brauchen!"

Und so beschränkt der Hausbesitzer war, nahm er das, was der Mann gesagt hatte, als aufrichtige, unterwürfige Entschuldigung, fühlte sich einmal mehr in seinem tiefsten Inneren bestätigt, nickte zufrieden und freute sich diebisch, daß er dem Alten wieder gezeigt hatte, wer hier der Herr im Hause war. Von dem Oberwasser, das er soeben bekommen hatte, fühlte er sich so frisch, munter und rundherum köstlich, daß er meinte, den Deichwärter nun herausfordern zu müssen. Brüsk, wie dies seiner Art entsprach, fragte er, wann der alte Mann sich denn dieses Jahr auf die faule Haut legen und sich von der Gesellschaft aushalten lassen würde.

Der aber fühlte sich überhaupt nicht pikiert, ganz im Gegenteil, ganz ruhig sagte er: "In genau sechs Wochen ist es wieder so weit. Da sitz´ ich dann oben gemütlich in meinem Sessel, freue mich, daß alle meine Knochen noch funktionieren, und kassiere obendrein noch Geld vom Staat. Aber dieses herrliche Gefühl kennen Sie ja - schön nicht wahr?"

Ein freches Grinsen spielte um seine Wangen. Der Hausherr kochte vor Wut, machte aber den verzweifelt peinlichen Versuch, sich nichts anmerken zu lassen. Wie gerne hätte er die ganze Sippschaft aus seinem Haus gejagt. Aber die Behörden hatten ihm einen Riegel davorgeschoben, und das nun seit Jahren schon. Er hielt den Alten für einen Parasiten. Punktum und basta.

Bis zu einem gewissen Maße hatte er sogar recht, hätte ihm der schlohweißhaarige Deichwart sogar zugestimmt, auch wenn sein Mietherr ihm dies nie und nimmer geglaubt hätte. Hatte dieses Land denn dem Alten eine andere Wahl gelassen, als ein Wurm zu sein?

Nun gut, Würmer waren sie irgendwo alle. Nur war er nicht so ein Würmchen, so ein kleines, so ein unscheinbares, das man schnell wieder loswerden konnte. Nein, er hatte sich zu befördern gewußt. Er hatte sich mit seiner Arbeit ein großes, schönes Band umgelegt und festigte mit jedem gefangenen Maulwurf und jeder niedergehauenen Grasplacke nicht nur den Deich, sondern ebenso seine Stellung als zwar leiser, kleiner, unscheinbarer, aber eben doch Bandwurm. Wehe dem, der Böses dabei dachte.

Es war ein beinahe schon komisches Bild: der eine vor Wut rot und weiß, der andere teilnahmslos und gleichgültig.

"Wünsche noch einen schönen Abend!" sagte der Alte, wandte sich der Treppe zu und grinste sein Gegenüber ein letztes Mal unverhohlen schelmisch an.

Der sabberte und drückte etwas aus seinem Mund, was so ähnlich geklungen haben mußte wie 'Ihnen auch', aber auch genau so gut für ein 'Du mich auch' Durchgang gefunden hätte. Beide gingen in ihre Zimmer und wußten, daß dieser beinahe schon protokollarische Vorgang im morgigen Abend eine routinemäßige Fortsetzung erleben sollte.

Oben angekommen, erwartete den Alten seine Frau. Kartoffeln mit Erbsen und Möhren hatte sie zum Abendessen gemacht. Für den Alten einen ganzen Berg voll. Hätte es nur diese Knolle auf der Welt gegeben, ihm hätte es an nichts Kulinarischem gemangelt. Am Tisch saßen sie sich gegenüber, wie sich zwei alte Eheleute gegenüber sitzen, spärliche Gesten und das Nötigste an Worten.

"Wie war dein Tag auf dem Deich?"

"Och ja, halt wie immer, nech."

"Möchtest du noch Kartoffeln?"

"Ja, wenn du noch hast. Unser Freund unten hat mal wieder Ärger gemacht."

"Will ich gar nicht wissen, ist doch ohnehin alles Unsinn." sagte sie und hielt für einen Moment inne. "Weißt du, daß ich jetzt schon zum zweiten Mal in der Woche keine Eier vom Kaufmann bekommen habe?"

"Wieso das nicht?"

"Waren angeblich alle vorbestellt."

"Ach, so, hmhm", nickte er mit einer wissenden Beiläufigkeit, "Hast du eigentlich etwas gegen Katzen?"

"Nein, wieso?"

"Ach, ich meine nur so", entgegnete er, ohne sie dabei anzuschauen. Nachdem er sich an der letzten Kartoffel gütlich getan hatte, schlurfte er hinüber ins Wohnzimmer und setzte sich dort behäbig ins Sofa.

Bis seine Frau den Abwasch erledigt und sich mit ihrem Häkelzeug zu ihm gesetzt hatte, wartete er, ohne sich ein Stück breit zu bewegen und begann dann auf verschiedene Fetzen Zeitungspapier Gedichte zu schreiben. Eigentlich waren es nur Zeilen, die einen Reim am Ende hatten, meistens nur Wortspiele als Ersatz für Kreuzworträtsel.

Denn eine besondere Lust, nach dem 16. Buchstaben im griechischen Alphabet zu suchen, hatte er noch nie verspürt. Zudem erinnerten ihn die Gedichte an bessere Zeiten.

So saßen sie dort Abend für Abend, sie ihr Garn, er seine Zettelchen, und schwiegen voreinander die Zeit tot. Zu bereden hatten sie zwar genug. Wirklich gesprochen aber, hatten sie schon lange nicht mehr.

4

Am Morgen des nächsten Tages war der Kater schon lange vor dem Alten auf dem Deich. Er hatte sich in der frühen Dunkelheit durch Nebelschwaden hindurch stolz, wie dies seine Art war, mit erhobenem Schwanz hierher begeben und hatte sich auf die Deichkrone gesetzt. Drei Stunden hatte er hier oben wohl schon ausgeharrt und beobachtet, wie sich das Meer unter dem ächzenden Ruf der Möwen immer weiter zum Horizont zurückzog. Genußvoll leckte er sein Fell und kostete befriedigt die Vorstellung aus, es hätte sich aus Angst oder Ehrfurcht vor ihm zurückgezogen. Viel früher als sonst war er hier zugegen und hatte seine Behausung verwaist zurückgelassen. Aus ein wenig Stroh und frischem Heu hatte er sich diese in der Ecke einer Scheune zurechtgemacht, die vom Deich vielleicht einen Kilometer entfernt lag. In ihr fand er Abend für Abend Unterschlupf.

Aus Vorsicht aber wartete er immer bis die Nacht hereingebrochen war, erst dann suchte er sie für gewöhnlich auf, wartete eine weitere Stunde und begab sich hernach heimlich auf Futtersuche. Äußerst achtsam mußte er sich dabei jedes Mal durch ein kleines Gitterfenster auf der Rückseite des Bauernhauses, in dessen Scheune er wohnte, schlängeln, um aus dem Vorratskeller der Bauersleute immer gerade soviel zu stibitzen, daß bei diesen nicht der Verdacht erregt wurde, einen lästigen Untermieter zu haben. Mal biß er den Faden eines Rauchends durch, mal griff er in den Topf mit den eingelegten Salzheringen, um sich einen klitzekleinen Burschen zu genehmigen, mal brachte er ein wenig Unordnung in das Obstregal.

Seine Geschicklichkeit stand dabei außer Frage. Denn man hegte keinerlei Verdacht, daß irgendein unliebsamer Besucher in der Scheune Quartier machte. Man mußte dem Kater auch ein äußerst glückliches Händchen in der Wahl seiner Behausung zugestehen. Denn in den Winkel der Scheune, in dem er sich häuslich niedergelassen hatte, war schon lange niemand gekommen, was die Unmasse von Spinnengenetz verriet, welche nun weicher Teil seiner Bleibe war.

In dieser Weise - mal in einer Scheune, mal in einem Haus - war er die Küste auf und ab gestromert, seit man ihn vor vielen Jahren ausgesetzt hatte. Der alte Mann war seit Jahren der erste Mensch, zu dem er Vertrauen gefaßt hatte. So war er jeden Morgen erfreut, den Alten von der Dorfstraße heraufkommen zu sehen. Meistens gesellte er sich bereits auf dem schmalen, von Strandhafer gesäumten Pfad zu ihm. Heute morgen jedoch erwartete er ihn hier oben.

Zuerst bemerkte ihn der Mann gar nicht, weil sein Blick den ganzen Weg hierher nur starr auf seine Füße gerichtet war, so als erwarte er den Kater in selbigem Moment um sie herumschwirren. Doch als er ihn auf der Deichkrone sichtete, erhob er sogleich freudig seinen Spaten zum Gruß in die Höhe, kletterte hinauf und zündete sich erst einmal sein Pfeifchen an.

In derselben Weise wie am gestrigen Tage verrichteten die beiden ihre Arbeit. Der Kater gab wie gewöhnlich den Plan vor, und sie gingen einträchtig nebeneinander auf Inspektionsrunde. Ein kleiner Unterschied bestand am heutigen Morgen dennoch. Denn der Mann gab seinem Freund kein Soll vor, sondern ließ ihm freie Hand darin, wieviele Mäuse er zu fangen gedachte. Dies war nichts Ungewöhnliches, und er machte es immer dann, wenn ihm über Nacht oder auf dem Weg hierher keine Geschichte eingefallen war. Zumeist kam ihm dann auf dem Rundgang irgendein Verzählchen in den Sinn, welches er dem Kater zum besten geben konnte. Heute aber hatte er sich den ganzen Morgen über bedeckt gehalten. Dem Kater war dies nicht entgangen.

Als sie beide zu ihrem Ausgangspunkt zurückgekehrt waren, blickte der Mann geistesabwesend aufs Meer hinaus. Er hatte schon ein merklich schlechtes Gewissen bekommen, spätestens als er sich das Ergebnis der Bemühungen seines

Freundes anschaute: Vier Nager waren diesem heute unter die Pfote geraten. Und so schielte er, nachdem die Brotzeit beendet und seine Pfeife gefüllt war, und auch diese beiden Helfer keine Erkenntnis gebracht hatten, verlegen zum Kater hinüber.

"Mein Guter", sagte er, "ich muß mich entschuldigen. So viel Mühe hast du dir gegeben, und mir fällt rein gar nichts ein. Bist du damit einverstanden, wenn wir es heute beim Bauchkraulen bewenden lassen?"

Der Kater drehte sich von ihm weg, um dem Alten seinen Unmut zu bekunden.

Aber was sollte er machen, ihm fiel nichts ein.

5

Der Deichwart zog sich eine Öljacke an, um sich gegen die feinen Regenschwaden zu schützen, und fischte aus seiner Tasche eine Zeitung. Die war nichts Besonderes, nur eine langweilige, unbedeutende Lokalpostille, die sich mehr schlecht als recht mit einem kleinen Sportteil, den von auswärts verfaßten Politikseiten und vor allen Dingen mit den örtlichen Todesanzeigen über Wasser hielt.

Ein dicker Fettfleck eines der Brote zierte die erste Seite. Und wäre dieses bißchen zufällig verteilten Fettes nicht gewesen, der Alte hätte wie gewöhnlich diese Seite überschlagen und sich gleich den Sportergebnissen

33

zugewandt. Denn Politik interessierte ihn nicht. Doch dieses Stückchen schimmernden Schmutzes sorgte dafür, daß seine Blicke nicht von der ersten Seite abließen. Wie ein Pfeil war dieser Fleck auf die Schlagzeile gerichtet. Und hätte dieser glänzende Unrat nicht ausgerechnet dort in der Mitte der Schlagzeile seinen Platz gefunden, der Alte wäre doch noch zum Sportteil gelangt. So aber las er, was dort halb verborgen, halb verdeckt geschrieben stand:

*Krieg in *****. Tausende auf der Flucht.*

Und daneben ein Foto. Ein ganz normales Foto. So wie es jeden Morgen in der Zeitung steht. Der Mann aber blieb an ihm hängen und ließ seine Finger langsam über das Bild gleiten. Auf ihm war ein Bahnhof zu sehen und auf dessen Bahnsteig eine berstende Menschenmasse. Alle mit Koffern bepackt und selbst zurechtgeflickten Rucksäcken. Alle vom gleichen Wunsch beseelt. Nur in den Zug, nur raus, nur weg von hier. Dessen Abteile aber waren mit geängstigten Leibern schon bis obenhin vollgepackt. Nicht einmal mehr Platz für eine Maus. Die Menschen hielten ihre Hände ausgestreckt, so als könnten sie den Zug zurückhalten. Seine Räder aber hatten sich schon in Bewegung gesetzt und rauschten irgendwohin - wahrscheinlich Richtung Hoffnung - und ließen sie alle am Bahnsteig zurück.

Der Mann musterte, ja studierte die Fotografie im Punktgrau der Zeitung geradezu.

Und je länger er dies tat, desto mehr Farbe erhielt ihr grauer Anstrich, und die Gleise dort wurden zu Gleisen, die er kannte, und die Menschen begannen sich zu bewegen. Und das Gemurmel von ihnen, das er in der Ferne hörte, wurde sein Gemurmel und von diesem tiefen, besorgniserregenden Grummen erwachte der Kater und sah seinen Freund, angstvoll über die Zeitung gebeugt, mit seinen Fingerkuppen das Bild begreifen. Behäbig tapste er zu ihm herüber, und so, als hätte er fragen wollen, was mit dem Mann los sei, legte er ihm seine Pfote auf den Schenkel. Dieser jedoch hatte ihn gar nicht bemerkt, so vertieft war er, so angestrengt saß er da und nuschelte vor sich hin.

Noch einmal klopfte er dem Mann mit der Pfote auf den Oberschenkel, wollte die Aufmerksamkeit seines Freundes auf sich ziehen. Der aber hob nur seine rechte Hand, ohne die Anwesenheit des Katers auch nur im geringsten zu bemerken. Er strich über den Rücken des Tieres, so als hätte er sich den Kater mit dieser Zärtlichkeit vom Leib halten wollen. Der aber gab nicht nach, drängte den Mann, sich von seiner traurigen Beschäftigung loszureißen, drängte ihn dazu, ihn anzuschauen, mit ihm zu sprechen. Schwermut lag in den Augen des Alten. Aber es war nicht die Art, die einen manchmal aus dem Nichts heimsucht und ebenso schnell wieder dorthin verschwindet. Sein Blick verriet, daß sich Erinnerungen ihren Weg an die Oberfläche bahnten, Erinnerungen, die dem Mann Angst bereiteten.

Ein paar Augenblicke saß er noch so da und wurde - ganz urplötzlich - diesem Zustand entrissen. Er schaute um sich. Vollkommen geistesvergessen. Er sah seine Hand auf dem Rücken des Katers, sah Augen, die ihn besorgt anstirrten. Es brauchte noch eine beträchtliche Weile, ehe sich seine Gedanken zu Worten geformt hatten.

"Ja mein Guter, ich erinnere mich an Zeiten ...", sagte er und begann zu stocken, "...an Zeiten, in denen für dieses Land gestorben wurde. Und diese Zeiten sind noch nicht lange her, das kannst du mir glauben!"

Unwissend und verwirrt vermeinte der Mann den Kater zu sehen. Genauso verwirrt und verquer, wie er sich in diesem Moment selber fühlte.

"Das kannst du dir nicht vorstellen, nicht wahr", begann er von neuem zu sprechen. "Ach mein Junge, deine Vorstellungskraft ist beschränkt. Du kennst die Menschen nicht, weißt nicht, wie sie sind", sagte er, ohne zu wissen, daß sein Freund die Menschen gut kannte, ja nur zu gut hatte er sie kennengelernt.

"Den einen Moment lächeln sie noch", fuhr er fort, "den anderen legen sie sich mit gewetzten Messern die Pulsadern bloß, geben sich jetzt noch die Hand und haben sie im nächsten Augenblick schon an der Kehle des anderen."

Wie viele Monate hatten die beiden zusammengesessen, wie viele Geschichten hatte es gebraucht, wie viele scheinbare Anlässe waren vorübergezogen? Nun hätte der Kater den

Augenblick beinahe verschlafen, hatten ein paar Zeitungsschmierereien den Pfropfen von der Flasche gelöst.

"Wenn alles glatt gegangen wäre", sagte er und sein verbittert harter Blick bohrte sich in das Watt, "müßte ich jetzt nicht mehr hier sitzen. Dreimal hatte ich in den letzten vierzig Jahren die Chance mein Leben zu lassen: zwei Mal für mein Land, das dritte Mal wegen meines Landes. Die habe ich doch glattweg alle drei vertan!", preßte er die Worte wie einen heißen Dampfstrahl durch seine Zähne. Beißender Sarkasmus hatte sich der Luft bemächtigt, der wie ein starker Schnaps den Seelenschlund des Mannes frei ätzen wollte.

"Das erste Mal war das ganze eher noch Zufall", sagte er. "Die anderen beiden Male waren glatter, ja unverschämter Vorsatz, am Leben bleiben zu wollen. Zufall wird nicht bestraft. Aber Absicht?" sprach er und hielt bedächtig inne, wobei er die Bartstoppeln seines kantigen Kinnes umstrich. "Den Verirrten läßt man laufen. Den Irren aber? Der soll sich in einem Meer von Fremden zurechtfinden und gefälligst darauf warten, daß ihn die See ausspuckt. Mit nichts als seinen Kleidern am Leib und den Kopf voll bitterer Erinnerungen. Na ja, selber schuld, sag´ ich, selber schuld. Wär´s mir beim ersten Mal nicht versaut worden, die anderen beiden Male wären mir erspart geblieben. Aber unser Gaul zu Hause, Napoleon das alte Drecksvieh, hat alles verhindert!" kicherte er nervös.

Scheinbar hatte sich sein Inneres entschlossen, ganz langsam einen Fuß vor den anderen zu setzen, wollte ihn nur nicht überrumpeln. Behutsam wollte es ihm als Vorgabe eine Zeit zuteilen, die schon soweit zurück lag, daß er ihr mit spöttelnder Ironie begegnen konnte. Sie war für ihn schon soweit Geschichte, daß er sie als Geschichte vorzutragen vermochte.

"Du schaust mich so an, als ob dich der Kram interessiert, mein Guter", redete er gutmeinend auf den Kater ein. "Willst du's wirklich hören? Wo keiner mehr etwas davon wissen will. Überleg's dir noch 'mal!"

Der Mann schaute, wie sich das Tier verhalten würde. Einen Augenblick schien der Kater zu warten, dann aber senkte und hob er bloß seinen Kopf, und das nicht einmal oder zwei und diese beiden Male auch nur halben Herzens. Nein, wieder und wieder nickte er. Er wollte den Alten reden hören, wollte die Geschichte hören, für die allein er all die Monate die Mäuse gefangen haben mußte.

6

"Also gut", sagte der Alte. "Du willst es ja nicht anders. Nun ja, alles fing zu Hause mit unserem Braunen an. Mit meinem Napoleon. Wir hatten gerade die Kartoffel geerntet. Mein Vater hatte mir aufgetragen, das abgeerntete Feld hinter unserem Haus umzupflügen. Der Braune war ein verträglicher Kerl, ein ruhiges Gemüt. Dem konntest du sagen, was du wolltest, der machte mit. Der bockte nicht, war nicht störrisch. Wir hatten ihn schon als jungen Burschen vom Gutsbesitzer gekauft. War dort ausgemustert worden, kein Temperament sagte man. Aber gerade deshalb gefiel er uns so. Was hätten wir wohl mit so einem hochwohlgeborenen Eigensinn anfangen sollen? Dort auf dem Gestüt war er nur ein häßliches, lahmes Tier unter all den Vollblütern. Doch in unserem Abbau war er unter all den Ackergäulen das schönste Pferd. Dazu reichten seine paar Spritzer Vollblut wahrlich aus.

Ich hatte den Braunen für die Feldarbeit abgerichtet. Hatte ihn in zwei Jahren soweit gebracht, daß er mir vollends aus der Hand fraß. Nur eine dumme Eigenschaft besaß er: Er wollte partout niemanden auf seinen Rücken lassen. Einen Pflug ziehen ja, aber auf sich reiten lassen? - Na ja, ich war jung und konnte mich mit diesem Zustand nicht abfinden. Es schmeichelte meiner Eitelkeit nicht gerade, ein halbes Vollblut im Stall zu haben und mit diesem nicht ausreiten zu können. Zumal sich unsere Nachbarn schon zusehends lustig über mich und meinen Gaul machten. Da wollte ich mit dem Kopf durch die Wand.

Zweimal hatte mich der bei dieser Frage gar nicht mehr so gutmütige Braune schon den Schlamm schmecken lassen. Und ich sage dir Schlamm schmeckt übel. Denn du frißt ja nicht den Dreck. Nein, die Schmach geht deine Kehle hinunter. Doch nachdem wir das Feld umgepflügt hatten, legte ich ihm zum dritten Mal den Sattel auf den Rücken und versuchte ihn wiederum zu überzeugen, daß wir in dieser

Kombination - ich oben, er unter mir - ein hervorragendes Gespann bildeten.

Als ich oben saß, überkam mich ein wenig echte Verblüffung. Der Gute machte gar nicht die Anstalt mich auf schnellstem Wege wieder loszuwerden, sondern trottete ganz langsam mit mir aus dem Stall hinunter zum Tümpel. Ich dachte schon 'So ist´s recht, mein Guter, hast eingesehen, daß ich dir über bin!' und wähnte mich schon vor den Augen unserer Nachbarn hoch zu Roß den Feldweg ins Dorf hinaufreiten. Doch dieses Aas beschleunigt auf einmal, reitet im Galopp auf unser Haus zu und bremst just vor dem Zaun ab. Sein ganzes Vorhaben hatte ich überhaupt noch nicht durchschaut, als ich mich von meiner Mutter und meinem Vater umringt, vor Schmerzen schreiend, in dem wiederfinden muß, was einmal unser Zaun gewesen war.

Beide Beine hatte ich mir gebrochen, und das ausgerechnet drei Wochen, bevor mich das Militär an seine väterliche Brust nehmen wollte. Schlimm, nicht wahr?

Aus der Traum vom hochdekorierten Helden der Infanterie. Denn der Bruch war so kompliziert, daß kein Hauptmann in der gesamten Armee mich Fußlahmen in seinem Regiment sehen wollte. Nun gut, man drückte mir einen Spaten in die Hand und sagte: 'Soldat, wenn du schon nicht kämpfen kannst, so doch wenigstens buddeln.' Und so begann ich zu graben. Einen Schützengraben nach dem anderen. Einen Unterstand auf den nächsten. Ich hob Schützengräben aus, und ein anderer Trupp Kameraden kam und schüttete mein ganzes Tagewerk wieder zu, um im Manöver dem nachrückenden Truppenteil den Weg zu ebnen.

So machten wir das tagein, tagaus, nur unterbrochen vom Appell am Morgen und dem Zapfenstreich zur guten Nacht. Hätte ich nicht immer das gleiche Stückchen Erde umpflügen müssen, sondern hätte man mich einen fortwährenden Kanal schaufeln lassen, wir hätten Flaschenpost in die Hauptstadt schicken können und uns für diesen großartigen Zeitvertreib gebührend bedanken.

Schließlich schickte man mich nach zweijährigem Dienst wieder nach Hause. Doch möchte ich nicht, daß man meinem Land eines nachsagt, daß es seine Söhne etwas umsonst tun ließe. Nein, ein Jahr später schon bekamen wir die Gelegenheit, an der ganz großen Übung teilzunehmen, die unser Land für uns arrangiert hatte. Denn kurzerhand hatten ein paar einflußreiche Herren beschlossen, sich fortan bitter böse zu sein. Quasi ein kleiner Familienstreit, waren diese Personen doch alle irgendwie miteinander verwandt. Ihre inzestuösen Geister hatten sich vernebelt, und Kanonendonner sollte die Luft klären.

Kurz, hatte man uns gesagt, sollte das ganze sein, mehr ein Scharmützel denn eine richtige Schlacht. Siegreich sollten wir sein, so siegreich, daß irgendwann eine Neuauflage dieses amüsanten Gesellschaftsspiels erfolgen konnte. Die Herren aber hatten sich verzettelt. Aus einer kleinen Schlacht mit viel Orden und Lametta wurde ein langer, großer Krieg mit einer

Unzahl von Toten und Krüppeln, mit einer Unmenge verbrannten Fleisches und verätzter Lungen. Und am Ende des Krieges waren die meisten der Herren, weil sie die Spielregeln nicht beachtet hatten, kurzerhand von der Spielleitung für alle Zeiten ausgeschlossen worden.

Ich hatte zuerst im Osten meinen Spaten geschwungen. Hatte einen Schützengraben ausgehoben und noch einen zur Sicherung des ersten und einen dritten zur Sicherung der beiden vorherigen. Stolz war ich jeden Morgen als Soldat ohne Gewehr hinter den letzten Schützengraben in Richtung Heimat getreten und hob dort in heimischer Erde kleine Löcher aus, worin wir die Helden unseres Landes betteten. Zuerst noch jeden für sich. Schließlich bauten wir Doppel-, Trippel-, und Quadrupeldecker. Jeder für sich einzigartig und doch so herrlich schlicht und anonym.

Wir rangen dem Feind Schießscharte um Schießscharte, Stellung um Stellung ab, wohl wissend, daß wir in diesem Tempo das Land nach der nächsten Eiszeit besetzt hätten. Irgendwann nach zwei, drei Jahren sagte man uns, alle Arbeit im Osten sei getan. Der Feind wehrte sich, besetzte hin und wieder unsere Gräben und wir wiederum im Gegenzug die des Feindes. Im Westen zwar ein ähnliches Bild, hier aber war die Arbeit der Schanz- und Schippertruppen wesentlich filigraner. Statt drei Gräben im Osten gab es hier sieben auf der gleichen Fläche und die Zahl der Unterstände war doppelt so groß.

Die Helden, die zu Anfang des Krieges unserem Land den schnellen Sieg bringen sollten, waren hier schon zu einer ausgestorbenen Spezies geworden. Der einzige Truppenteil, bei dem sich die Blutpresse ein wenig verkantet hatte, war der meinige. Doch gegen Ende hin wollte man sie noch einmal ordentlich schmieren. Kranke Kameraden wurden kurzerhand voll verwendungstauglich geschrieben, durften endlich ihren Spaten beiseite legen und auch Gewehr und Bajonett halten. Und just zu jener Zeit überkamen mich unerklärliche Anfälle von starker Humpelei. Ich konnte doch einfach nicht mehr laufen, so machte mir der alte Bruch zu schaffen. Des Morgens spürte ich so ein Zucken, ich möchte beinahe schon Reißen sagen, das den ganzen Tag über anhielt und erst zum Abend hin spürbar nachließ.

Und so kam es dann, daß sich eines Abends im Winter des letzten Kriegsjahres entschied, daß ich, verflixt noch 'mal, die Heimat ohne Orden und dazu noch unversehrt wiedersehen sollte. Ein mir unbekannter Offizier war bei uns in der Baracke erschienen, hatte sich in aller Form vorgestellt und begann, uns sein Leid zu klagen. 30 km hinter der Front hatte er eine Druckerei zu leiten, die kriegswichtige Formulare und kriegsnotwendige Soldatenwitzheftchen druckte. Die sollten die kämpfende Truppe mit viel Humor über Chlorgas, kleinere Essensrationen und dünnere Winteruniformen hinwegtrösten. Und da war ihm doch glatt vor drei Wochen der Papieraufüller gestorben, war im Suff draußen in den Schnee gegangen und konnte nur als Kühlware zurückkehren. Der arme Herr Offizier hatte seitdem seine Lachkanone von Sperr- auf Streufeuer umstellen müssen und sah schon die Kampfmoral der gesamten Truppe im argen liegen.

Aber zu seinem Glück hatte mein Kommandant ein Einsehen mit ihm. Denn er hatte ihm zugesagt, sich einen aus unserer Schipperkompanie für seine Zwecke aussuchen zu dürfen. Natürlich war unser Haufen entsetzt. Bei den vielen tausend Toten, die draußen lagen, waren die vielen tausend Witzheftchen, die nicht gedruckt werden konnten, ein noch herberer Schlag; beinahe schon ein Dolchstoß in den Rücken der Kameraden.

Andererseits stand doch nun für uns alle der große Moment bevor, selber als Kohortenkämpfer in das Kriegsgeschehen eingreifen zu können. Endlich die Möglichkeit, Orden zu hamstern und für einsame Winterabende im Alter Kriegsverzählchen auf Lager zu bekommen. Was wogen dagegen schon Witzheftchen.

Und so wunderte ich mich, daß man das Angebot des Offiziers nicht höflich, aber bestimmt in den Wind schlug. Nein, ganz im Gegenteil, mit einem Male fühlten sich meine sämtlichen Kameraden zu Druckhelfern berufen. So blieb dem Offizier nichts anderes übrig, als eine Auswahl vorzunehmen.

'Wer von euch als erster ein lustiges Verslein über des Soldaten Leben auf den Lippen hat', so oder so ähnlich klingen mir noch heute seine Worte salbungsvoll im Ohr,' der soll mit mir ziehen!'

Ich überlegte und sinnierte, wollte meinen Kameraden den Vortritt lassen, mußte jedoch mit Betrübnis feststellen, daß Graben in geistigen Dingen nicht ihre eigentliche Stärke war. Und bevor ich diese Aufgabe von höchster Priorität an irgendjemanden von diesen geistig schwachen Kreaturen übertragen sehen wollte, opferte ich mich lieber selber. An den Dichter - und Denkerverein erinnerte ich mich, dem ich nie angehören durfte, und an die vielen hübschen Gedichte, die mein Vetter und ich fabriziert hatten, und war schließlich in der Lage, einen von poetischer Tiefgründigkeit zeugenden Sechszeiler vorzutragen:

Des Soldaten Zier
ist das Blatt Papier.
Fehlte es für einen Brief, das wär fatal
am Donnerbalken ist´s ´ne Katastrophe allemal.
Denn welche Liebste will schon eine Zeile,
welche man gebraucht , als man war in Eile.

Folgerichtig fiel die Wahl des Offiziers auf mich. Denn ganz ehrlich, was hätte die Situation besser beschreiben sollen? Und so versah ich von nun an in einer Kriegsdruckerei 30 km hinter der Front meinen aktiven Dienst. Zugegeben, die Arbeit forderte nicht den ganzen Menschen, aber ich war mir ihrer Bedeutung vollauf bewußt.

Und so folgte ein Tag dem anderen, und nichts deutete auf denjenigen hin, der beinahe noch mein Ende bedeutet hätte. Wie immer waren wir des Morgens angetreten, unser Soll an Fröhlichkeit zu produzieren. Ein gut Teil unserer Arbeit war bereits getan, als sich immer mehr Kameraden in eine Pause verabschiedeten, aus der sie nicht wiederkamen. Nach einer guten Stunde waren wir nur noch zu dritt: der Offizier, ein durch Haubitzengedröhn tauber Kamerad und meine Wenigkeit.

Erstaunt darüber, daß ich immer noch seelenruhig an der Druckerpresse stand und Druckvorlagen wechselte, schaute der Offizier mich an, hielt mich offenbar für einen Helden und sagte in dem nur unseren adligen Mitstreitern eigenen Ton auf Erden wandelnder Würde: 'Gefreiter, hören Sie den Donner nicht? Der Feind ist im Anmarsch. Es ehrt Sie ungemein, daß Sie diese Druckerei verteidigen wollen, wo sich alle anderen aus dem Staub gemacht haben. Wir sind hier die letzten. Ich schlage deshalb im Namen des Kaisers vor, daß Sie Ihre Sachen zusammenpacken und verschwinden. 'Mein Gott ', setzte er nach, als er mich dort mit Unverständnis stehen sah, und hatte dabei all seine Würde verloren, 'nun machen Sie sich schon vom Acker. Meinen Sie etwa, hier gibt`s Orden?' brüllte er mehr, als daß er es sagte, und suchte zusammen mit dem Tauben das Weite.

Da stand ich nun: vor mir der Feind, hinter mir der Freund und mit mir nur der verwaltete Witz. Ich zündete mir erst einmal ein Pfeifchen an und überlegte mir, was zu tun sei. Halten konnte ich trotz meiner gesammelten strategischen Erfahrungen diesen höchst kriegswichtigen Ort nicht, dies wurde mir schnell bewußt. Und so beschloß ich, wie dies bei uns im Lande üblich ist, ihn korrekt und in aller Form an den Feind zu übergeben. Denn schließlich hatte man auch dort nicht viel zu lachen.

Ich stopfte meine Pfeife und schrieb einen regelrechten Übergabebrief:

Lieber Feind,

hiermit übergebe ich Dir diese Druckerei in bester Ordnung und hoffe, daß du sie ihrem Zweck nach nutzen kannst. Die Druckmaschinen sind, wie Du an der folgenden Zeichnung siehst, einfach zu bedienen.
Ich bin der festen Überzeugung, diese Druckerei macht Dir genauso viel Freude wie uns.

Mit freundlichen Grüßen

Datum   Unterschrift

Diesen Brief hängte ich draußen an die Tür, packte meine Sachen und marschierte, das Geräusch der Feindartillerie beängstigend nah in den Ohren, auf unsere Stellungen zu.

Zu Anfang überholte mich noch ein überfülltes Pferdefuhrwerk mit einer versprengten Einheit unserer wackeren Kämpfer. Doch dann - nichts mehr. Ich mußte der letzte Soldat sein. Die Haubitzen des Feindes krachten, daß es eine wahre Freude war, während unsere Artillerie nur vereinzelt Granaten dagegenpfefferte. Nach einer Weile ließ hinter mir das Dröhnen der Geschütze nach. Beinahe kam es mir so vor - ich mag mir dies auch nur nachträglich eingebildet haben - daß ich das Tschilpen von Spatzen aus den Spitzen der Birken heraus hören konnte.

Mit einem Male aber, einem urgrollenden Getöse gleich, schleuderten unsere wie die Verrückten Schrapnells, Kohlenkästen und Granaten auf die Stellungen des Feindes. Wollte man etwa in einer Gegenoffensive dem Feind das verlorene Terrain wieder abringen? Sollten etwa weiter Witze gedruckt werden? Und obwohl ein Witz im Grunde seines Wesens komisch ist, war mir bei dem Gedanken an ihn alles andere als froh ums Herz. Denn welcher Offizier hätte das, was ich draußen an die alte Holztür unserer Druckerei gehängt hatte, schon als Scherz betrachtet?

Ich begann zu zittern, meine Rippen umschnürten mich wie ein ständig fester gezogenes Seil, mein Herz raste, ich stürzte zum Wegesrand, mich zu übergeben. Meine gesamten Gedärme hätte ich rauskotzen können, so schlecht war mir vor nackter Angst. In Gedanken sah ich meine Augen schon verbunden und mich vor der Wand stehen.

'Haben Sie noch einen letzten Wunsch, bevor wir Sie wegen Kollaboration erschießen?'

'Dabei versteht der Feind das nicht einmal!'

Krampfartig gingen Zuckungen durch mein Gehirn, ebenso wie sie meinen ganzen Körper erfaßten.

'Denn wer von denen spricht schon meine Sprache? Also auch noch umsonst sterben wegen nichts und wieder nichts!'

Ich ging weiter. Vor meinem Auge die Bilder meiner Furcht. Und je länger ich dies tat, umso größer wurde meine Angst, auf eine scharfgemachte Kompanie neunzehnjähriger Kriegsfreiwilliger zu stoßen, die auf Teufelkommraus dem Feind die Zähne zeigen und an ihrem Revers den großen Orden blitzen sehen wollten. Anderthalb Kilometer mag ich noch in unsere Richtung gegangen sein, doch dann links um, kehrt marsch in die andere: Lieber unehrenhaft ergeben in den Händen des Feindes, als standrechtlich vor einer Wand zu enden.

'Vielleicht kannst du mit denen ja was aushandeln', redete ich mir immerzu ein und hörte einer Warnung gleich unser grausiges Granatengedröhn im Rücken.

Bestimmt schon zwanzig Minuten mußte ich in die andere Richtung gegangen sein, als ich vollkommen verdutzt einen vierzig Mann starken Troß mir entgegenkommen sah, der unsere Farben trug.

'Mensch, Gefreiter, sind sie verwirrt oder was?' schnauzte der Leutnant, 'Das ist die falsche Richtung!'

'Muß wohl durcheinander gekommen sein. Bin beschränkt ... äh versprengt!'

'Das scheint mir auch so, Gefreiter!'

'Dachte, unsere würden den Gegenangriff starten. Wollte schon einmal dem Feind entgegen!'

'So ganz ohne Gewehr, Gefreiter?'

Ich verspürte den schlagartigen Wunsch meines Darmes, sich im Schwall zu entleeren.

'Die Waffe ... ja das Gewehr ... äh ... die nehme ich dem Feind ab!'

'Mensch, Gefreiter, wir sind auf dem Rückzug. Hat Ihnen das denn keiner gesagt?'

'Aber unsere Artillerie?'

'Die soll uns nur den Rücken frei halten, daß wir noch heil rauskommen! Los, schließen Sie sich uns an! Oder wollen Sie in Gefangenschaft geraten?'

'Nein, um Gottes Willen, bloß den Bestien nicht in die Hände fallen!' trug ich so dick auf, wie ich nur eben konnte. 'Lieber würde ich sterben wollen, als denen in die Hände fallen!'

'Ist ja gut Gefreiter! Lassen Sie mal die Kirche ruhig im Dorf!' entgegnete er beinahe erschrocken von meinem unvermittelten Anfall an Patriotitis, reichte mir die Hand und zog mich auf seinen Wagen hinauf. Eine Stunde später etwa hatten wir unsere Stellungen erreicht.

Wieviel Glück ich gehabt hatte, wurde mir erst gegen Abend hin klar, als ich mich von einem Trupp Kameraden in die Festung mitnehmen ließ, um mich dort einem neuen Kommando zu unterstellen. Ich wartete draußen vor der Tür des diensthabenden Offiziers. Sein Kommandohäuschen lag direkt am Eingang des Kasernenhofs, nicht einmal fünfzig Meter von dem Platz entfernt, an dem endgültige Disziplinarmaßnahmen abgehalten wurden: Eine zwei Meter fünfzig hohe Mauer, vor der in vielleicht einem Meter Abstand vier Holzbalken ihren senkrechten Platz gefunden hatten.

Da man keine Anstalten machte, mich hineinzubitten, ging ich und schaute mir die Stätte an. Heute früh mußte hier, vielleicht gerade als ich den Waschzettel an die Tür geheftet hatte, eine Exekution stattgefunden haben. Man konnte die blaßroten, notdürftig abgewaschenen Flecken an der Wand noch sehen. Neben den dreien standen, mit einem Bleistift gekritzelt, die Geburtsdaten der Hingerichteten und der heutige Tag als ihr Todestag. Die Zahlen der ersten beiden waren für mich nicht zu entziffern. Den Geburtstag des dritten jedoch konnte ich lesen und erschrak bei seinem Anblick. Der Delinquent hatte am selben Tag das Licht der Welt erblickt wie ich. An diesem Morgen hatte man es von ihm zurückgefordert", sagte der Alte und verstummte.

Gedankenversunken begann er, auf das Meer hinauszuschauen, wo sich drei Möwen um einen kleinen Fisch balgten. Aber er nahm sie nicht wahr. Genau so wenig wie seinen Freund, der die ganze Zeit aufmerksam an seiner Seite der Geschichte gefolgt war. Etwas, was ein Kater wohl niemals sein kann, war er während all dessen gewesen: mucksmäuschenstill. Einige Augenblicke noch, und der Mann wachte wieder aus seinem Tagtraum an Erinnerungen auf.

"Ja, mein Guter, so war das. Bin doch verflixt noch mal heil aus alledem herausgekommen. Nicht einmal zwei Monate später war der ganze Spuk vorbei. Ja - vorbei war er."

Beschwert von dem, was er erzählt hatte, und zugleich bereits ein wenig befreit von der Last seiner Erinnerungen, stand der Alte auf und zeigte mit dem Spaten in Richtung der Maulwurffallen. Ohne ein Wort zu verlieren, ging er sie ab, eine nach der anderen wie jeden Tag. Zwei Maulwürfe holte er aus ihnen heraus und richtete sie für den nächsten Tag wieder her. Gemeinsam beendeten die beiden ihren Arbeitstag und gingen den Sandpfad hinab. Der Kater trennte sich von seinem Freund an der Stelle des Weges, wo der Sand langsam Schotter zu werden begann. Der Mann schlurfte in seinem schon ein Dutzend Mal ausgebesserten, aber liebsten Paar Schuhwerk, den Spaten über die Schulter gelegt, auf das Kopfsteinpflaster der Dorfstraße zu.

Der Kater verweilte noch und schaute ihm nach.

7

Eingereiht in das Häufchen derjenigen, die die Abfahrt des Busses erwarteten, stand der alte Mann des nächsten

Morgens. Früher als gewöhnlich war er aufgestanden und hatte sich noch halb im Schlaf zur Haltestelle am Marktplatz hingeschleppt. Er wollte nicht, doch heute mußte er unbedingt mit den anderen in die Nachbarstadt fahren. Denn es stand derjenige glückselig - unglückselige Tag des Jahres an, an dem er für die drei Wintermonate seine Fürsorge beantragen mußte.

Die Menschen im Bus waren wie er nicht besonders redselig, was angesichts der frühen Stunde und der Arbeit, die sie in der Fabrik erwartete, nicht weiter wunderlich anmutete. So schunkelte die Arbeitskarawane ihr gutes halbes Stündlein zum Bahnhofsvorplatz der Nachbarstadt und wälzte sich in einen anderen Omnibus, der den Großteil von ihnen bis direkt vor die Fabriktore brachte. Nur der alte Mann und noch zwei Herren in aufgetragenen Anzügen hatte sich vom Bahnhofsvorplatz in andere Richtungen aufgemacht.

Unbehagen hatte den Alten beschlichen. Denn ihm war die Luft im Inneren der Fürsorgestelle in gleichem Maße zuwider, wie er sie gut genug kennengelernt hatte. Zwanzig Mal allein war er letzten Winter hier gewesen und war jedes Mal über die Maßen erbost über die Geringschätzung gewesen, die denjenigen zuteil wurde, die hier um Unterstützung bitten mußten.

Die meisten, die hier anstanden, waren ebenso Strandgut wie er, von Bürokraten, die es nur gut gemeint hatten, wie ein Dorn ins Fleisch hierher verpflanzt worden. Daß man sie nicht sonderlich willkommen geheißen hatte, verwunderte niemanden von ihnen, machte aber trotzdem traurig. Denn schließlich hatten sie den gleichen Paß, sprachen dieselbe Sprache und hatten unter ein und demselben bedauerlichen Irrtum der Geschichte zu leiden gehabt. Nur sie in dem Maße, daß dieser Irrtum ihnen anders als den Leuten hier den Boden unter den Füßen weggerissen hatte. Von selbst nämlich wäre niemand von ihnen gekommen.

Die meisten von ihnen hatten hier gottlob wieder eine Anstellung gefunden. Einige jedoch hatten sich nicht wieder einreihen können und mußten als jeglicher Würde beraubte Bittsteller zweimal die Woche hier um Unterhalt ersuchen. Dieser Zustand nagte den meisten sehr am Stolz, hatten sie doch früher fast alle ein Stückchen Land besessen und sich selbst versorgt.

Der einzige, der mit weiter Brust und weniger beschämt in der Fürsorgestelle stand, war der weißhaarige Deichwart. Schließlich war bei ihm die staatliche Unterstützung zum Teil seines Arbeitsvertrages geworden. Aber auch, als sie dies im ersten Jahr nach seiner Ankunft nicht gewesen war, hatte er sich zu keinem Zeitpunkt geschämt, sie anzunehmen, genausowenig, wie er sich geniert hatte, die Arbeit auf dem Deich zu verrichten, die keiner hatte machen wollen, gerade jetzt, als sich alles wieder zum Besseren gewandt hatte. Nur zu gut wußte er, daß man ihn insgeheim belächelte. Aber wer von denen begriff überhaupt, warum er dort oben stand?

Das Ritual des Mannes, dem die Fürsorge oblag, war jedes Mal das gleiche und kam nach einer Viertelstunde geduldigen Wartens auch an ihn.

"Bitte herüberkommen!" sagte der Beamte und schaute mit dem gleichen geringschätzigen Blick auf den Alten wie auf alle anderen, die vor ihm wie liegengebliebenes Gepäck abgefertigt worden waren.

"Name? Alter?" fragte er kurz und bündig und hatte seine Augen mit dem ganzen ihm von der Natur seiner Aufgabe zur Verfügung gestellten Ernst auf die schlohweiße Gestalt gerichtet. Ohne Hast nahm der Mann zuerst einmal seine Feldmütze ab, hielt sie mit beiden Händen vor seinem Bauch und erwiderte den gestrengen Blick des Staatsdieners mit einem sanftmütigen, milden Lächeln.

"Wie lange kennen wir uns nun schon?" fragte er den Beamten in der ihm eigenen Ruhe und beantwortete seine Frage, nicht um überheblich zu erscheinen, sondern, um keine Mißverständnisse aufkommen zu lassen, gleich selber. "Ich möchte nicht lügen, aber ich glaube, es sind nun schon vier Jahre. Jedes Jahr komme ich um diese Zeit, um Fürsorge für den Winter zu beantragen, Sie wissen doch, ich arbeite oben in dem kleinen Dorf auf dem Deich - neun Monate im Jahr und die restlichen drei bekomme ich Fürsorge. Komme dann zwei Mal die Woche, um sie mir abzuholen. Und das vier Winter bereits, und Sie wollen tatsächlich meinen Namen und mein Alter wissen?"

"Ach ja, entschuldigen Sie, ich erinnere mich", erwiderte das aufgeplusterte Männchen hinter dem Tresen und fügte ein wenig spöttelnd hinzu, "Wie konnte mir ihr Charakterkopf unter all den anderen Bittstellern nur entfallen?"

An den Karteischrank ging er und suchte in aller Ruhe, so als wäre es seine Aufgabe, die Zeit der Welt zu verwalten, nach der Akte des Mannes.

Süffisant grinsend kehrte er zum Tresen zurück.

"So, zweiundsechzig sind Sie", sagte er so laut, daß es die ganze Amtsstube hörte. "Dann bin ich ja bald zum Glück nicht mehr für Sie zuständig, Herr Deichgraf!"

Lauthals begann er zu lachen und schob dem Mann, der äußerlich ein wenig kleiner geworden war, in seinem Inneren dieses Exemplar Mensch aber nur voller Mitleid betrachtete, einen Antrag zu. Der Alte nahm ihn, setzte sich gemächlich an einen der Tische, die wie in einer Schulklasse über den gesamten Raum verteilt waren, und füllte ihn in der Gewißheit, eine Art sturer Nachsitzer zu sein, in aller Ruhe und Bescheidenheit aus.

"Wenn du solche Menschen siehst", dachte er sich dabei, "wenn du siehst, wie draußen alles wieder seinen geregelten Gang geht, keiner mehr an das erinnert werden will, was eben erst passiert ist, dann kannst du dich glücklich schätzen, daß du dich nicht wieder eingereiht hast."

Er schaute auf den Mann hinter dem Tresen. Und je mehr er dabei verärgert, aber zugleich mitleidig und sogar ein wenig belustigt dessen Gesicht betrachtete, desto mehr verwandelten sich die Züge des Beamten in die eines alten Bekannten, der sich in selbiger Weise - arrogant, dreist und geistig unterversorgt - all die Jahre über präsentiert hatte.

"Ja, ja, der Herr Gutsbesitzer und Ortsgruppenleiter in Personalunion, in seinem schicken Auto mit Chauffeur", sah er den Domänenfürsten und Parteibonzen aus seinem Heimatdorf vor sich. "Ließ sich genauso hofieren wie du Häuflein Elend. Und welches Ende hat er genommen? Abgehauen ist er, die feige Sau, und auf der Flucht verrückt geworden. War aber schon vorher verrückt.

Ich erinnere mich noch an jenen Abend, als ich in die Kreisstadt gefahren war, um dort am nächsten Tag etwas zu erledigen. Ich gehe durch die Straßen, einfach nur so. Mir war langweilig, ich wußte nicht, was ich tun sollte. Da sehe ich doch mir nichts dir nichts vor einem Gasthaus am Marktplatz den Wagen unseres Gutsbesitzers, wie er in seiner ganzen Pracht und Herrlichkeit unter einer Gaslaterne steht. Meine Neugier ist natürlich geweckt. Denn warum ist der ehrwürdige Herr nicht zu Hause bei seiner Frau und seinen Lieben, sondern des Abends hier in einer Gastwirtschaft? Ich beschließe, dort hineinzugehen und mir die Szenerie erst einmal ein bißchen aus der Nähe anzuschauen.

Stramm in Reih und Glied stehen da Leute wie ich und spielen Soldat. Ich denke mir, was ist denn hier los, sind die denn alle durchgedreht? Ich gehe höchst verwundert zum Wirt und frage ihn, was sich in seinem Gasthaus abspiele.

'Ja, hier wird ein Kameradschaftsabend abgehalten!' antwortet er mir.

'Wie Kameradschaftsabend?' sehe ich ihn verwundert an. 'Die fünf Tattergreise dort hinten sind doch nie im Leben Soldat gewesen.'

'Ja, da haben Sie sicherlich recht. Aber für vier, fünf Bier wird man schnell zu einem.'

Was ich sah, verwirrte mich mehr und mehr. Vor mir alle Tische des Gasthauses aneinander gereiht zu einem langen Laufsteg und rechts und links davon ein Spalier einer Menge angetrunkener `Kameraden`. Die versuchten trotz ihres Zustandes, lieb und nett stramm und gerade zu stehen, was bei einigen so aussah, als seien sie vom Wind hin- und hergeschüttelte Birken. Und plötzlich kam eine Gestalt aus dem Nebenzimmer und schritt über einen Stuhl auf die Tische. Na ja, es war eigentlich mehr ein Stolpern. Und dieser Stolperer vor dem Herrn war kein geringerer als unser Herr Gutsbesitzer. Seine Augen waren fanatisch, aber wohl mehr noch betrunken. Und so defilierte er hoch erhobenen Hauptes an seinen Vasallen vorbei. Nur allzu bereitwillig ließen die zackig ihre Hacken zusammenknallen und legten ihre Rechte zum Gruß an die Schläfe. Na ja, nicht alle, bei manchen war es auch die Linke.

Ein Soldatenlied schmetterte das andere vom Tableau, und ich wandte mich unterdessen wieder an den Wirt und fragte ihn, was das alles zu bedeuten habe.

'Ja, wissen Sie', antwortete er, 'gestern Vormittag ist dieser Mann zu mir gekommen und hat gesagt, daß er einen zünftigen Kameradschaftsabend abhalten möchte, so mit allem Drum und Dran und Tschingderassabum. Ich schaue ihn etwas ungläubig an und frage: `Wieso denn das?`. Denn bei uns hier sind solche Abende nicht üblich.

`Ja`, druckst er, `ich bin zu meinem eigenen von den alten Sauhunden nicht eingeladen worden. Jetzt will ich selber einen machen.`

Ich frage ihn: `Wie stellen Sie sich das vor, so ganz ohne Kameraden?`

Und da sagt er, daß ich nur möglichst viele Männer bis morgen Abend heranschaffen solle, die gerne ein Bier trinken und ein bißchen zünftig feiern wollten. Er wird dann schon alles bezahlen. Und legt mir einen Zwanziger als Anzahlung hin. Da kannst du natürlich nicht nein sagen und quatschst jeden an, der ordentlich was verträgt.

Und die sind nun alle hier und besingen ihren Major.'

Ich schüttelte nur den Kopf, trank auch ein Bier, ohne dabei jedoch stramm und ehrfürchtig vor dem Gernegroß zu stehen. Der Idiot merkte ohnehin nichts mehr und ließ sich vollkommen benebelt feiern und hochleben. Jeden Schluck, den ich die Kehle herunterlaufen ließ, sah ich dabei als eine Art Wiedergutmachung für eine seiner Macken an.

Das Rahmenprogramm mag noch so etwa zwei Stunden gedauert haben, ehe der Major über seinem Glas eingenickt war und von seinem Chauffeur ins Auto geschleppt wurde.

Wenn ich dich doch auch nur einmal so besoffen sehen könnte", dachte der Alte an die personifizierte Staatsgewalt vor seiner Nase und mußte bei diesem Gedanken, mitten in der Fürsorgestelle stehend, seinen Antrag hoch in die Luft erhoben, lauthals anfangen zu lachen. Sein Finger zeigte dabei immer nur auf die Gestalt hinter dem Schalter.

"Haben Sie noch irgend etwas?" fragte dieser, vom Selbstbewußtsein des eben noch von ihm Kleingehaltenen verunsichert.

"Nein, nein, Herr Major. Hier der Antrag!" erwiderte der Alte und mußte dabei heftig prusten.

"Ich bin kein Major, nur Unteroffizier!", rief dieser ebenso perplex, wie mürrisch.

"Oh, entschuldigen Sie, da muß ich Sie mit jemandem verwechselt haben!", konnte er diesen Satz vor Lachen kaum noch sprechen und verließ die Fürsorgestelle. Zum Glück waren es noch sieben Wochen, ehe er hier wieder antreten mußte.

8

Am nächsten Morgen ging er ganz gemächlich den sandigen Pfad hinauf. Seine Hände waren auf seinem Rücken, der ein wenig vornüber gebeugt war, verschränkt und hielten den Holzgriff seines sich hinter ihm wie eine Kerze aufgebauten Spatens fest umschlungen. Nachdenklich schob er jeden zweiten Schritt die Unterlippe vor. Seine Augen betrachteten seine Stiefelspitzen und die paar Klümpchen Sand, die sie bei jedem Schritt vor sich herschoben.

Oben angekommen, hatte ihn sein gescheckter Freund bereits erwartet. Nein, erwartet wäre das falsche Wort und hätte den Sachverhalt nur unzureichend beschrieben. Vermißt hatte er ihn, quasi für überfällig gehalten. Den ganzen gestrigen Tag hatte er hier oben gesessen und auf das weiße Köpfchen gewartet, es aber nirgendwo sichten können. Verärgert war er, daß er dem alten Mann scheinbar so gleichgültig war. Er hatte es ja nicht einmal für nötig befunden, ihm zu sagen, daß er woanders sein würde. Aber gleichzeitig war er auch froh, denn wäre sein Freund am gestrigen Tage erschienen, er hätte nur die Hälfte von dem gesehen, was er seinen Augen jetzt bieten konnte. Stolz leckte das Tier sich seine Pfoten, die, wären es Menschenhände gewesen, einen Haufen von Schwielen hätten zeigen müssen.

"Mein Gott", dachte der Alte, "Was hat der Knabe sich ins Zeug gelegt! Na, wieviele werden es wohl sein?"

Wahrlich mit Erstaunen sah er die in einer für Katzen befremdlichen Ordnung, beinahe schon wie einbalsamierte Reliquien aufgebahrten Mäuse dort in einer Reihe liegen. Drei Dutzend feldgraue Nager zählte er zwischen sich und dem triumphierend schreitenden Kater.

"Wo er die wohl alle her hat? Soviel fängt er doch sonst in zwei Wochen nicht!" überlegte er, nahm seine Feldmütze ab, kratzte sich am Kopf und wandte sich seinem Freund zu. "Mußt ja gearbeitet haben wie ein Tier ... oh, entschuldige!"

Der Kater tapste, den Schwanz in der Höhe, um seine Jagdbemühungen, für die er einen Tag und zwei Nächte fast ununterbrochen auf den Pfoten gewesen war. Der Mann setzte sich in gebührendem Abstand zum Jäger und seiner Beute mit dem Blick auf das weit zurückgezogene Meer, kramte in seiner Tasche und zauberte flugs die Bemme und eine Thermoskanne hervor, um, noch bevor er überhaupt zu arbeiten anfing, schon einmal die Pause zu machen, die ihm der Kater erarbeitet hatte. Genüßlich schlürfte er seinen heißen Tee und wollte den Kater auffordern, den Arbeitsplan für den heutigen Tag aufzustellen und vorzuführen. Der jedoch bewegte sich keinen Deut von seinem Fang, sondern zog um ihn beinahe schon beleidigt einen Kreis nach dem anderen. Er wollte, daß der Deichwärter weitererzählte, er wollte seine Geschichte - die Geschichte hören, und zwar nicht irgendwann, sondern jetzt auf der Stelle.

Der Mann schaute auf den Kater und wußte, daß es nun kein Zurück mehr für ihn gab, er mußte die einmal begonnene Geschichte zu einem Ende, zu ihrem Ende, das nichts anderes, als dieses Stückchen Deich war, führen. "Nun gut, ich werde fortfahren", begann er und sah den Kater in Lauerstellung gehen.

"Ich habe dir vorgestern vom ersten Mal erzählt, für das mich mein Land bluten lassen wollte", kam er ohne Umschweife und eine ermüdende Vorrede auf den Kern der

Dinge. "Das zweite Mal ließ ein Vierteljahrhundert auf sich warten. Für diese Einleitung und das Finale furioso hatten ein irrer Anstreicher und ein keifender Klumpfuß gesorgt. Aber von wem anders als von einem gescheiterten Maler und einem verkrachten Jesuitenzögling kannst du ein solches Inferno auch schon erwarten, frage ich dich?

Beim ersten Mal war der Plan des Anstreichers, sich an die Macht zu putschen, nicht aufgegangen. Wäre ja auch noch schöner gewesen, wo ich doch just an diesem Tage geheiratet hatte. Beim zweiten Mal ging er kein Risiko ein und ließ sich und seine Bagage an die Macht wählen und fortan nur noch bejubeln. Die Menschen bemerkten gar nicht, wie er sie am laufenden Bande betrog und uns alle in einen Krieg hetzte, der das Leben der meisten wenn nicht zerstören, so doch zumindest verändern sollte.

Zuerst verlief zwar, wenn man unserem Radio glauben konnte, alles besser als gut. Die Leute durften jeden Abend vor dem Schlafengehen in der erwünschten Form von Vaterlandsliebe die Karte unseres Landes, die bei jedem Guten von uns neben dem Bild des Anstreichers an der Wand hing, ein wenig vergrößern.

Schließlich begann das Radio Meldungen zu bringen, daß das ganze nun des Guten zuviel geworden sei und man rein aus taktischen, ja vielleicht sogar strategischen Erwägungen - und nur deswegen - etwas von den eroberten Ländereien abgeben wolle. Und schließlich gingen den Leuten ja auch die Nadeln aus, denn die waren rationiert wie alles andere.

In Wirklichkeit aber war dem riesigen Flächenbrand schon längere Zeit der Wind entgegengeblasen. Als dieser schließlich den Menschen in den Städten den süßlichen Geruch des Todes in die Nase blies, als alles in Schutt und Asche lag und der Feind mit seinen Stellungen in unserer Haustür lag, da forderte der Irre in der Hauptstadt die Alten und Kinder auf, sich dem Feind heldenmütig und voller Inbrunst entgegenzuwerfen und ihrem Land einen letzten großen Ehrendienst zu erweisen. Denn ihre Väter und Söhne lebten nicht mehr. Und mit diesem Ehrendienst beginnt der traurige Teil meines Lebens, der mich aus meiner Heimat verscheucht und hierhin verschlagen hat", sagte der Deichwärter.

Noch einmal zog er fest an seiner Pfeife, blies den Rauch dem Kater fast zwischen die Augen und begann seine Geschichte zu erzählen.

9

"Der Krieg war schon so gut wie zu Ende. Fast jede Familie hatte bereits eine oder mehrere Hundemarken erhalten oder war in den Städten im Inferno der täglichen und nächtlichen Bombardierungen unter Balken und Schutt erstickt oder durch Phosphorbomben zur Unkenntlichkeit verbrannt. Doch der Irre wollte gar nicht aufhören, immer noch an seinen großen Sieg zu glauben. Und so schickten er alle die,

die schon einmal dreißig Jahre zuvor dabei gewesen waren, und vierzehn-, fünfzehnjährige Knaben als letztes Aufgebot, den Feind aufzuhalten.

Waffen hatte man uns keine gegeben, einmal abgesehen von ein paar Panzerfäusten, dafür aber umso mehr Spaten. Auf Lastwagen karrte man uns Anfang des letzten Kriegsjahres einhundertfünfzig Kilometer gen Osten, um dort ganz nach alter Väter Sitte Panzersperren zu errichten und Gräben auszuschachten. War alles Kokolores: Mit den Sperren hättest du allenfalls die vielen tausend Flüchtlinge aufhalten können, die ganz im Osten mit ihren paar Habseligkeiten auf ihren Pferdewagen vor dem Feind geflüchtet waren. Doch einen Panzer? - Niemals. Nie und nimmer. Alle wußten das, doch keiner wagte, das Maul aufzumachen. Die paar übriggebliebenen Gläubigen hätten uns einfach an Ort und Stelle wegen 'Wehrkraftzersetzung und Feigheit vor dem Feind' niedergestreckt. Denn die hatten komischerweise alle noch Gewehre.

Und je länger wir dort waren, desto mehr geflüchtete Landsleute - Alte, Frauen und Kinder - zogen an uns vorbei. Und je mehr ich sah, desto größer wurde meine Beklemmung. Denn was wir hörten, überstieg unsere kühnsten Befürchtungen. Der Feind hatte sich, wie es schien, bedient, wo er nur konnte.

Eines Tages kam eine schwangere Frau zu uns. Vollkommen verstört und verschreckt war sie. Ihre Sprache hatte sie verloren und wurde von den anderen mitgezogen.

Ich versuchte sie anzusprechen, sie aber schaute nur geistesabwesend an mir vorbei oder hilfesuchend in den Himmel. Ich wollte ihr ein Stück Brot zustecken, sie aber ließ es fallen, hatte es wahrscheinlich nicht einmal bemerkt. Ihren Verstand hatte sie irgendwo zwischen dem Dorf oder der Stadt, aus der sie gekommen war, und ihrem Eintreffen hier gelassen. Was war ihr widerfahren, was hatte sie nur gesehen? Niemand konnte es mir sagen, denn keiner schien sie zu kennen. Ihr Schicksal interessierte aber auch niemanden. Denn jeder von denen, die in diesem Treck waren, hatte schon mit sich selbst zu kämpfen und zu ringen genug. Nur eine alte Frau hatte sich um sie gekümmert, hatte dafür gesorgt, daß sie nicht untergegangen, irgendwo wie ein Stück Vieh zurückgelassen und schließlich verreckt war. Doch auch ihr hatte sie nichts zu sagen, bedachte sie immerzu nur mit ihrem glasigen Blick, jedes Mal, wenn sie Brot zu essen gereicht bekam.

Unendlich viele waren im Dezember und Januar unterwegs verhungert und erfroren, fast alle waren krank. Du kannst dir nicht vorstellen, was auf einmal für eine Angst in mir aufkam. Nicht um mich. Ich dachte ohnehin nicht mehr daran, noch einmal nach Hause zurückzukehren. Hatte mich schon als Kanonenfutter abgeschrieben. Aber um meine zwei Kinder und meine Frau. Und diese Angst ist weitaus schlimmer. Sie frißt dich langsam auf. Du willst sie alle beschützen, doch du weißt, du kannst es nicht. Magenkrämpfe bekam ich und Durchfall, hatte ständig das

Gefühl keine Luft mehr zu bekommen. Nur noch eins hatte ich im Sinn: wie kommst du bloß nach Hause zurück?

Aber wir mußten weiterbuddeln, sahen immer mehr Flüchtlinge, hörten immer schrecklichere Geschichten. Es dauerte nicht mehr lange, dann kamen auch erste versprengte Einheiten unserer Soldaten, und wir waren uns sicher, es konnte sich nur noch um Tage handeln, bis der Feind hier stünde und uns alle erschießen würde. Doch den Befehl zurückzuweichen bekamen wir nicht, schließlich hatte der Wahnsinnige selber verkündet: Wo einer von uns steht, kommt kein anderer hin. So wurden nach und nach die Knaben scharfgemacht, sich im Felde für ihr Land zu opfern. Wir versuchten sie nach den Haßtiraden der Einpeitscher wieder zu beruhigen und auf den Boden der Tatsachen zu holen. Doch dieses Unterfangen war schwierig, sogar lebensgefährlich. Ein Wort eines dieser Jungen an der falschen Stelle hätte ausgereicht, uns vors Standgericht zu bringen.

Einen Knirps hatten sie soweit gebracht, daß er im Alleingang die ganze feindliche Armee aufhalten wollte - nur mit seiner Panzerfaust im Arm. Er wollte sich einfach dort in den Weg stellen und auf alles schießen, was ihm in den Weg käme. Zum Glück gab es unter uns einen gichtigen, mutigen, alten Lehrer, der das Bürschchen ins Gebet nahm und solange anständig durchprügelte, bis es bereit war, seine Selbstmordwaffe abzugeben.

Die Schweine wußten genau, wen sie mit ihrem Geschwätz noch erreichen konnten. Denn von uns Alten hätte niemand mehr abgedrückt. Wir saßen in unseren Gräben voller unbeschreiblicher Angst und warteten, ob auf den Befehl zum Rückzug oder auf den Feind, keiner konnte das mehr mit Sicherheit sagen. Mir schlotterten die Knie, so als hätten sie das schon immer getan und könnten gar nicht anders. Zwei unendlich lange Tage - dann endlich der Rückzugsbefehl.

Alle verloren sich, keiner war mehr Herrenmensch, keiner wollte als Held sterben. Ich schmiß mich auf einen versprengten Mannschaftswagen und wollte nur noch weg, nur noch zurück. Einen ganzen Monat hatte ich von meiner Familie nichts gehört.

Eigentlich hatte es für uns in den ganzen letzten sechs Jahren keinen Krieg gegeben. Hätten wir nicht die Falschmeldungen aus dem Radio erhalten, hätten wir nicht das Erlogene in den Zeitungen gelesen, hätten wir nicht davon gehört, daß vormarschiert, gesiegt, besiegt und zurückmarschiert wurde, bei uns im Abbau hätte man denken können, Krieg sei wie Schach - nur ein taktisches Spiel.

In seiner ganzen Brutalität stand er nur denjenigen vor Augen, die ihre Söhne oder Ehemänner an der Front wußten. Wir anderen hätten weiterhin im Frühjahr gesät, im Herbst geerntet, versucht, die Dränage unserer Äcker zu verbessern, ohne ihn auch nur im mindesten zu bemerken.

Unsere Vorsehung war es, Weizen und Kartoffeln zu pflanzen, Schweine zu züchten, und nicht über andere zu herrschen oder Lebensraum zu erschließen. Uns bereitete es schon genügend Probleme, unsere Kartoffelkäfer in Schach zu halten.

Natürlich kamen ab und an Gerüchte auf, was sich hinter der Front abspielte, daß es Pogrome gegen die Zivilbevölkerung geben sollte. Aber all das war so dumpf, so unscharf wie, wie ... ja, wie ein Traum. Oder halt, wie der Schluß eines Traums, den du nicht mitbekommst, weil du vorher aufwachst. Es war so viel gelogen worden, sooft betrogen worden. Ich konnte das alles nicht glauben. Nein, ich wollte das alles nicht glauben. Schließlich standen da draußen die Söhne unserer Nachbarn, unserer Brüder und Schwestern. Ich habe mir etwas vorgemacht."

Der Mann schaute, so als säße er gar nicht hier, auf die schwarzen Regenwolken, die vom Meer aufzogen. Nachdenklich saugte er an seiner Pfeife, so als könnte er ein Stückchen Wahrheit aus ihr ziehen. Doch es war nichts weiter als heiße, rauchige Luft.

Der Kater wurde unruhig, stand auf, ging ein, zwei Schritte, fauchte in Richtung des Mannes und legte sich fordernd vor dessen Füße.

10

Der Alte nahm keine Notiz von ihm und wartete, bis seine Gedanken wieder an der Stelle angelangt waren, an der er die Geschichte fortsetzen wollte. "Nach zwei Tagen Irrfahrt auf einer Unmenge von Lastwagen kam ich zu Hause an", sagte er. "Die Geschichten, die die Flüchtlinge erzählt hatten, behielt ich für mich. Warum sollte einer meine Furcht teilen?

In den nächsten Tagen begannen sich die Ereignisse zu überschlagen. Einige sind mir bis heute in genauester Erinnerung geblieben. Wie in einem Fotoalbum sehe ich sie vor mir aufgereiht. Andere hingegen verlieren sich, erscheinen grau und dunkel, wollen abtauchen, kommen dann aber wieder an die Oberfläche, um Luft zu holen. Meistens zum Glück nur kurz, aber manchmal lang, beängstigend lang.

Das erste, was nach meiner Rückkehr geschah, war die große Versammlung, wenn ich mich recht erinnere. Ja genau, es war jene Versammlung, auf der besprochen werden sollte, was wir alle zusammen tun wollten. Alle fünf Familien unseres Abbaus, einmal abgesehen von den Kindern, hatten sich im Haus unserer Nachbarn eingefunden. Man hatte sich seiner Familie entsprechend hingesetzt.

In der hintersten Ecke zur Küchentür hin hatten sich still und zurückhaltend, wie dies ihre Art war, die beiden Eheleute gesetzt, die hinter unserem Kartoffelfeld ein Stückchen in den Wald hinein wohnten. Fast ein wenig schamhaft sahen sie zu Boden und hielten einander die Hände. Etwas vor ihnen mit sichtlich nervösem Augenaufschlag saß eine Frau, deren Mann in Gefangenschaft geraten war und die nun alleine mit ihren vier Kindern zwei Häuser weiter wohnte. Die beiden alten Herrschaften und ihre Tochter, deren Mann im Krieg gefallen war, versuchten uns zu bewirten, so gut sie es eben konnten. Ich war mit meiner Frau gekommen. Wir saßen ebenfalls still und verunsichert wie alle anderen auf einer kleinen Sofagarnitur beinahe in der Mitte des Raums. Neben uns hatte auf zwei Küchenstühlen das vierte Ehepaar Platz genommen, dessen Haus auch ein wenig in den Wald hinein an dem Weg zum Dorf meines Vetters gelegen war.

Des Raumes hatte sich eine bedrückende Stille bemächtigt, die unendlich lange zehn Minuten angedauert haben mochte. Keiner traute sich, den Anfang zu machen. Niemand wollte seinen Vorschlag vortragen. Jeder hatte Angst davor, fast im gleichen Atemzuge von den anderen die Konsequenzen genannt zu bekommen. Dabei gab es, ganz nüchtern betrachtet, nur zwei Möglichkeiten: bleiben oder gehen. Doch keiner wagte, die eine oder andere auszusprechen, allein schon aus Furcht, damit irgendeine Stellung zu beziehen. So begannen wir über Belanglosigkeiten zu reden, um vom Eigentlichen abzulenken.

'Unsere Stute hat gestern ein Fohlen zur Welt gebracht. Ein richtiger Prachtkerl sag` ich euch. War keine leichte Geburt!' begann der Mann neben uns das Gespräch.

'Ich glaube, das wird ein gutes Jahr. Unsere Sau hat auch schon sechs Ferkel geworfen!' warf unser Gastgeber ein, der mit einer Kanne heißen Muckefucks aus der Küche kam. 'Wartet ab, meine Frau macht noch ein paar Schnitten frisches Vollkornbrot mit guter Butter.'

'Oh, lecker!' entgegnete ich mit einem gezwungenem Lächeln. 'Schon lange nicht mehr das Vergnügen gehabt. Habt ihr auch noch ein bißchen Schmalz da?'

'Ich geh `mal fragen', sagte er und kam nach einigen Augenblicken zurück. 'Du hast Glück. Ist noch ´nen kleines bißchen über. Wir haben doch neulich eine Gans geschlachtet.'

Es entstand eine Pause.

Nur das Klimpern der Tassen. Das Schlürfen, um sich nicht den Mund zu verbrennen. Erwartende und scheue Blicke. Draußen hörte man das Pferd im Stall wiehern. Jeder Windzug, kalt und ungemütlich, war zu vernehmen, wie er sich durch die eine oder andere Ritze im Mauerwerk Einlaß zu verschaffen suchte. Die Angst stand im Raum neben einem jeden von uns und wartete nur darauf, wer sich ihr als erster bedingungslos hingeben würde. Doch immer wieder nur Klappern, Schlürfen, Wiehern und der Windhauch.

Eine Minute, noch eine und auch eine dritte.

Meine Frau drückte immer fester meine Hand, ich mich immer fester in den schützenden, warmen Sessel. Der Wind schlug ein Fenster auf. Wir zuckten zusammen. Der Sturm brach los.

'Die werden uns alle aufhängen! Aufknüpfen werden die uns! An der großen Pappel hinter eurem Haus!' kreischte die alleinstehende Frau hysterisch und zeigte auf mich. 'Die machen mit uns kurzen Prozeß. Schluß, aus und Punkt. Sind denen doch eh nur im Weg!' schrie sie und sank weinend in sich zusammen.

'Warum denn?' wollte der Ruhige in der Ecke beschwichtigen. 'Wir haben doch gar nichts getan!'

'Wen interessiert das?' meldete sich der Fohlenbesitzer neben mir zu Wort. 'Laßt uns lieber alle abhauen, solange wir noch können. Mit so 'ner durchgeschnittenen Gurgel kann man schlecht laufen!' sagte er und bekam für diese letzte Bemerkung von seiner Frau einen heftigen Hieb in die Seite. 'Laß´s mich´s doch sagen, laß´s mich´s doch sagen. ´s doch die Wahrheit!'

'Hör auf, so zu reden. Ich ertrage es nicht, wenn du so redest!' schaute sie ihn halb ängstlich, halb vorwurfsvoll an.

'Aber er hat doch recht!' erwiderte die Alleinstehende, ihren Kopf wieder aus ihren Händen erhoben. 'Die machen uns alle tot oder was sagst du dazu?' schaute sie mich geifernd an. 'Hast doch letzten Monat sicher viel gehört beim Ausschachten!'

Ich zuckte nur unwissend mit den Achseln und tat so, als wüßte ich nicht, was sie meinte. Denn gerade das hatte ich vermeiden wollen, daß irgend jemand hier seine Entscheidung auf meine Erlebnisse gründen wollte. Was die anderen sagten, war mir vollkommen gleichgültig. Aber ich wollte mir keine Last auf die Schultern laden, die immer schwerer werden konnte und mich schließlich unter sich begrub. So schwieg ich, schaute nur auf meine Füße und drückte fest die Hand meiner Frau.

'Ich bin auf jeden Fall zu alt, um noch von hier wegzugehen. Und du doch wohl auch, Liebes!' schaute der Gastgeber mit einem vertrauensvollen, warmen Blick zu seiner Frau hinüber, die in der Küchentür stand. 'Wir können nicht so mir nichts dir nichts einfach unsere Sachen zusammenpacken und durch den Winter flüchten. Das schaffen wir nicht mehr', sagte er und machte eine kurze Pause. 'Außerdem ist das hier unsere Heimat. Einen alten Baum kann man nicht mehr so einfach umpflanzen', sprach er und versuchte, ein Lächeln auf sein angestrengtes, von Falten durchfurchtes Gesicht zu zaubern. Doch es gelang ihm nicht.

'Du kannst meinetwegen gehen!' sagte er zu seiner Tochter, die sich an die Wand zur Tür gelehnt hatte. 'Aber wir bleiben! Auch wenn wir die einzigen sind!' sagte er mit tränenerstickter Stimme.

'Die können uns nichts tun! Was haben wir denn gemacht? Von uns war doch keiner in der Partei!' meldete sich wieder der Mann aus der Ecke.

'Ach was. Ich sag´s euch', fuhr der Mann neben mir dazwischen. 'Die springen mit uns um, wie sie wollen. Die haben gewonnen und wir haben verloren. So einfach ist das. Und gerade die Frauen ...'

74

Seine Frau neben ihm fuhr zusammen und begann zu heulen.

'Aber so war das doch nicht gemeint, Schatz!' versuchte er hektisch das Feld wieder zu pflügen, das er gerade vorher noch verwüstet hatte, und nahm seine Frau in die Arme.

'Nein, du hast recht. Die werden uns schon nichts tun. Ich bin doch bei dir!'

Wie von Sinnen vor Angst war die Alleinstehende.

'Wußt´ ich´s doch', begann sie zu schreien. 'Ich muß hier weg. Ich nehme meine Kinder und muß weg. Ist doch klar, was die mit mir machen werden! Ich muß hier weg!'

'Nun hör doch. Wie willst du denn hier weg?', meldete ich mich zu Wort. 'Hat etwa der Parteibonze, unser Domänenfürst, den Treckbefehl gegeben? Wenn der dich auf der Straße sieht oder irgendeinen von uns, was meinst du, was dann passiert? Feigheit vor dem Feind! Meinst du, der läßt dich so einfach laufen. Glaubst du das wirklich?'

'Ich weiß nur eins, ich muß hier weg!'

Vollkommen aufgelöst, ja geradezu starr vor Angst saß sie wie ein Häuflein bittersten, hysterischen Elends auf ihrem Stuhl. Und ich mußte mir selber eingestehen, daß ich ihre Angst nach allem, was mir zu Ohren gekommen war, nur allzu gut verstand. Aber wie wollte sie es schaffen? Wie nur?

Keiner wagte, auf sie beruhigend einzuwirken. Zu groß war die eigene Unentschlossenheit. Wahrscheinlich wußte niemand der hier Anwesenden, einmal abgesehen von unseren Nachbarn und Gastgebern in ihrer ruhigen, überlegten Art und der Frau, wie er sich auf das absehbare Ende vorbereiten sollte. Mir selber war ja nicht einmal klar, was für mich und meine Familie das beste sein würde. Zwar konnte man sagen, das stille Ehepaar in der Ecke und wir waren eher entschlossen zu bleiben. Vielleicht auch noch die Tochter der beiden Alten, weil sie ihre Eltern nicht alleine zurücklassen wollte, und sonst auch niemanden mehr hatte. Wohingegen der Mann zu meiner Rechten, der in seiner Angst diese schrecklichen und unnützen Bemerkungen gemacht hatte, die nicht nur seine Frau, sondern uns alle geschreckt hatten, wohl eher entschlossen war zu fliehen.

All das waren aber nur vage Anzeichen, auf keinen Fall unumstößliche Entschlüsse. Dafür waren unsere Gedanken zu sehr vor Angst gelähmt", sagte der alte Mann und hielt inne. Er stand auf, sich die Beine zu vertreten, ging unentschlossen hin und her und setzte sich schließlich wieder neben den Kater. Traurig war sein Blick und, wenn man ihn genau betrachtet hätte, man hätte das Wasser gesehen, das sich in seinen Augen sammelte.

11

"Am nächsten Morgen bekamen wir hohen Besuch", fuhr er fort. "Bei zehn Grad Frost stolzierte mit weithin offener Jacke der Domänenfürst den hart gefrorenen Lehmweg hinunter direkt zu uns in den Abbau vier jämmerlich aussehende Gestalten in seinem Schlepptau. Ein altes Ehepaar, das mehr schlich als ging, einen Mann von vielleicht 45 Jahren, der sein linkes Bein beständig nachzog und dessen Gesicht je näher er kam, umso erschreckender sichtbar wurde, und ein vielleicht acht Jahre altes Mädchen. Allen vieren waren unendliche Strapazen in ihre Gesichter gemeißelt. Ihre Körper zeigten zehrenden Verfall. Sie blieben stumm hinter dem sich feist aufbauenden Bonzen, als sie unser Haus erreicht hatten. Außer ihren zerfallenen Kleidern am Körper und ihren aufgetragenen Schuhen hatten sie nichts bei sich. Nacktes Elend schrie aus ihren Gesichtern.

'Die vier sind Flüchtlinge aus dem Osten. Die Partei', die natürlich niemand anderes als er war, 'hat beschlossen, daß ihr für das Wohlergehen der Volksgenossen Sorge tragt!' war seine Anweisung kurz und knapp und trotz aller Umstände immer noch mit der gleichen, hochmütig herrischen Miene vorgetragen.

Die vier schauten, Mitleid erweckend in ihrer Beschämung, zu uns hinüber. Der Wunsch, niemandem in einer Situation zur Last fallen zu wollen, für die sie nichts konnten, war offensichtlich. Meine Frau ging mit einem herzlichen Lächeln auf die vier zu.

'Haben sie keine falsche Scham', sagte sie warm. 'Sie sind uns herzlich willkommen!'

Mit einer einladenden Handbewegung führte sie sie ins Haus.

In der Zwischenzeit hatte auch die Alleinstehende die Ankunft des Parteiobersten bemerkt und kam ganz hektisch, sich die Hände noch in der Schürze abwischend, aus ihrem Haus geschossen. Wild gestikulierend und immer noch sichtlich benommen von unserer gestrigen Zusammenkunft, eilte sie auf den Domänenbesitzer zu. Der hatte sich bereits umgedreht und dreißig forsche Schritte Richtung Dorf getan. Ohne Frage mit ihren Nerven am Ende stellte sich die Frau dem Mann mitten in den Weg. Beide Arme hob sie beschwörend in die Luft.

'Wann kriegen wir endlich den Treckbefehl?' brüllte sie mehr, als daß sie fragte. 'Muß uns der Feind denn erst überlaufen?'

Ganz stramm und starr stand er da, nichts an ihm schien sich zu rühren. Fest war sein Gesicht auf die Frau gerichtet, die sich jede Sekunde, die das Schweigen seiner feisten Fresse andauerte, mehr und mehr über das klar wurde, was sie in ihrer Angst aus ihrem Bauch herausgelassen hatte.

Kleiner und kleiner, ängstlicher und ängstlicher wurde sie unter dem straffen Blick seiner gefühllosen, kalten Augen. Er bemerkte die aufsteigende Angst und kostete sie Sekunde um

Sekunde mit dem Sadisten eigenen Hochgenuß aus. Er wartete noch einen für ihn köstlichen, kurzen Moment. Dann atmete er tief, sog soviel Luft, wie er nur eben konnte, in seine tiefschwarzen Lungen und preßte sie, dem Schuß eines Exekutionsgewehres gleich, durch seine elende Stimmritze hinaus in den todbringend kalten Wintermorgen.

'Was Volksgenossin?' hielt er inne, um seine Stimme wie die eines wilden Tieres warnend und drohend über dem gesamten Abbau erschallen zu lassen. 'Du wagst es? Hast du etwa Zweifel am Sieg unserer Waffen?'

Wieder machte er eine böse Pause.

'Ich sollte dich an die Wand stellen lassen! Wegen Wehrkraftzersetzung und Feigheit vor dem Feind! Hier flüchtet keiner! Dafür werde ich schon sorgen!' und schaute sie in seinem perversen Gefühl von Überlegenheit an.

Und als sie wiederum lange, zermürbende Augenblicke schweigend voreinander gestanden hatten und er sich an der Angst seines Opfers zur Genüge geweidet hatte, wollte er ihr dünnes Rückgrat mit rohem Hohn ein für allemal zerschmettern.

'Kannst dich nur freuen, daß dein Mann in Gefangenschaft ist und sich das nicht mit ansehen muß!' schnalzte er verächtlich mit der Zunge.

Sie jedoch brach nicht, sondern richtete sich auf und schlug ihn in Gedanken nur ihren geliebten Mann vor Augen mit der flachen Hand und aller ihr zur Verfügung stehenden

Kraft und vielleicht noch ein bißchen mehr in sein ekelhaft fettes, grienendes Gesicht.

Vollkommen durcheinander stand er da. Mit diesem Mut hatte er nicht gerechnet. Hatte doch die bloße Andeutung seiner Macht die letzten Jahre jeden Widerspruch im Keim erstickt. Er stand nur da. Sein schwabbelnder Körper war in sich zusammengesackt.

Ihr Schlag hatte ihn wieder zu dem Häuflein Elend gemacht, das er immer schon gewesen war und das er all die Zeit über so gut zu verbergen gewußt hatte.

Die Frau schloß sich am nächsten Morgen einem Trupp zurückweichender Soldaten an und verschwand erhobenen Hauptes in den Winter", sagte der Deichwart und machte eine Pause, um sich sein Pfeifchen nachzufüllen.

"Mit den vier Flüchtlingen war Beklemmung in unser Haus gekommen", hob er wieder an, "In ihren Gesichtern konnten wir unsere eigene Zukunft sehen. Sie alle waren sehr still, keiner von ihnen wollte etwas über die Umstände erzählen. Allein unsere jüngere Tochter hatte Zugang zu dem kleinen, völlig abgemagerten Mädchen gefunden. Hätte man ihrer aller Zustand und nicht nur ihren äußeren, ihre abgemagerten Gliedmaßen, ihre zerrissenen Kleider, ihre verhärmten Gesichter, sondern auch den, der sich hinter der Stirn verbarg, erbärmlich genannt, man hätte sich schämen müssen, ein Lügner genannt zu werden.

Der Anblick der vom Krieg hierhin Gespülten war ein Bild des Jammers und Elends. Was sie am Körper trugen -

jeder Ausdruck wäre passender gewesen, als es Kleidung zu nennen. Die Schuhe, zu Beginn einmal aus anständigem Material, waren nur noch einzelne Lederfetzen, die ihren Zusammenhalt der traurigen Umarmung von Packschnüren und Wickeldraht verdankten. Die ausgezehrten Gesichter der beiden Alten, deren vortretende Wangenknochen das ganze Fleisch und Fett drum herum in den letzten Wochen verschlungen hatten, waren ausdruckslos und leer.

Am besten schien es augenscheinlich noch der Kleinen zu gehen. Doch wer hätte schon sein Stückchen Brot ruhigen Gewissens essen mögen, während die eigene Enkeltochter vor Hunger kaum noch laufen konnte. Am dreckigsten, und keiner von uns konnte sich erklären, warum ausgerechnet ihm, ging es dem jüngeren Mann. Seine Schmerzen hatten ihn völlig stumm gemacht. Er wimmerte nicht einmal.

War von den Alten hin und wieder noch ein `Bitte`oder `Danke` oder `Machen Sie sich bitte nicht so viele Umstände` zu hören, wagte er es nicht einmal, jemandem in die Augen zu schauen, nickte nur dumpf und war vollends mit sich selbst beschäftigt. Das Gesicht des Sohnes der beiden Alten wies bereits so stehende und tiefe Verfurchungen auf, daß der Schmerz den Armen seit Wochen schon gepeinigt haben mußte.

Doch kein Wort, kein Laut, nicht einmal Gestöhn - nichts ging von ihm aus. Bloß ein beißend süßlicher Gestank. Irgendwie kam mir dieser Geruch gleich vom ersten Moment an bekannt vor. Aber erinnern, wo er mir schon einmal um die Nase geweht war, konnte ich mich nicht. Zu lange war es hergewesen, daß ich ihn das letzte Mal gerochen hatte. Für diesen Geruch waren die Zeiten einfach zu schlecht. Er durfte nicht vorkommen. Zudem war ich ein guter Landwirt, und gute Landwirte, die mit Vieh umzugehen verstehen, es richtig schlachten und ausweiden, dürfen diesen Geruch nicht kennen. Doch einmal gerochen, mögen es auch Jahre oder gar Jahrzehnte her sein, verbleibt er einem für immer als ein Stempel des Falschen im Gedächtnis.

Aber war der Mann etwa ein Stück Vieh? Er war doch ein menschliches Wesen! Aber er roch nicht anders als ein Schwein oder ein Ochse, ein Stück Vieh halt, das man falsch ausgenommen hatte. Nur daß ihm nicht der Vorzug zuteil geworden war, bereits vorher tot zu sein.

Nein, dieser Leib weste lebendig vor sich hin. Das ganze linke untere Bein war bis zum Kniegelenk eine faulig eitrige, schon von Maden durchsetzte, stinkende Masse - in einer Nacht erfroren und seither langsam am Verwesen. Unendliche, unsagbare Schmerzen. Schritt für Schritt. Schon seit Wochen.

Nun seit Tagen Fieber. Schließlich Phantasien - nicht mehr bei Sinnen - noch drei Tage Kampf - und endlich Erlösung:

TOD!

Am nächsten Tag begruben wir den Armen. Hatte eine Kiste gezimmert, in die wir seine sterblichen Überreste betteten. Wir ließen ihn in ein Loch am Dränageteich hinter unserem Haus hinab und die beiden Alten mit ihm allein. Da standen sie: stumm, sich an den Händen gefaßt, gebrochen. Sie ohne Hoffnung, ihr Sohn tot.

Es vergingen einige weitere Tage, ehe die lähmende Apathie, die Ausdruckslosigkeit ihrer Gesichter allmählich schwand. Der Tod des Sohnes hatte die seit Monaten andauernde Unwirklichkeit ihrer Situation zerstört. Dieses Träum-Ich-Oder-Wach-Ich hatte wie ein Morphinschleier alle ihre schmerzlichen Erinnerungen und Erlebnisse betäubt und sie überhaupt nur bis hierhin kommen lassen. Er hatte sie sprachlos gemacht, damit sie überhaupt weitergehen konnten. Nun war dieser Zustand durchbrochen, und sie begannen sich allmählich zu öffnen, wollten sogar mit uns sprechen.

Ganz aus dem Osten waren sie vor drei Monaten aufgebrochen, waren vor dem immer näher rückenden Feind geflohen, hatten sich einem Treck angeschlossen. Alle ihre Habseligkeiten waren ein Pferdewagen und sein Inhalt. Doch dann brach der Winter über sie herein, und jeden Tag Tieflieger.

Der Treck wurde immer kleiner. Die Leute erfroren, verhungerten, wurden von den unbarmherzigen MG-Geschützen der Jäger wie schlachtreifes Vieh niedergestreckt, deren Klick-Klack-Klick-Klack den Übriggebliebenen immer und immer wieder im Traum erschien. Der Onkel, ihr Sohn, hatte jede Nacht auf seine Decke verzichtet, nur damit die Kleine sich keine Erfrierungen zuzog. Sein Bein war schließlich erfroren, und es dauerte nicht einmal eine Woche, ehe es zu faulen begann.

Sie selbst hatten sich jedes Stück Brot vom Munde abgespart, nur um es der Kleinen geben zu können - und hatten sich selbst dabei aufgezehrt. Ihr Pferd war irgendwo unterwegs verreckt und ihre Habe im Schmutz und Dreck geblieben.

Das Kind war wegen der Bombenangriffe in den Städten von Vater und Mutter zu den Großeltern aufs Land geschickt worden. Ob sie noch lebten? Keiner vermochte das zu sagen. Wahrscheinlich lag er irgendwo im Osten unter Eis und sie unter Schutt und Balken unter dem, was einmal ihr Haus gewesen war. Nun ja, jetzt waren sie bei uns, konnten nicht mehr und waren auf unsere Hilfe angewiesen.

Das Mädchen hatte sich schnell mit unserer jüngeren Tochter angefreundet und begann über das Spiel zu vergessen, was sie die letzten schrecklichen Monate über gesehen und erlebt hatte.

Ihr konnten wir Hilfe geben.

Die Alten jedoch waren zu schwach, ihre Seelen geknickt, ihre Rückgrate gebrochen. Sie sagten es zwar nicht, doch sie wußten ganz genau, sie würden das Mädchen nicht mehr an das rettende Ufer auf die andere Seite des Flusses bringen können. Ihre schüchternen Blicke, ihre verschüchterten Worte hatten die Kleine uns bereits anvertraut, ohne daß sie es dem Buchstaben nach gesagt hätten.

So sehr sich meine Frau auch bemühte, sie wieder auf die Beine zu bekommen, einen Geist, der keine Kraft mehr hat, kann auch die stärkste Brühe nicht wieder aufpäppeln. Die beiden starben drei Wochen, nachdem sie gekommen waren - beinahe zusammen - einen Tag hintereinander. Ihr Tod war für uns eine Warnung, ein Zeichen: Sollte kommen, was da wollte, fliehen würden wir nicht.

12

Während des Dahinsiechens der drei Flüchtlinge war nicht nur uns die Entscheidung abgenommen worden, ob wir nun bleiben oder gehen sollten. Auch allen anderen im Abbau hatte sich ein mehr oder minder klares Bild ihrer unmittelbaren Zukunft aufgetan. Die Tochter der alten Nachbarn zu unserer linken hatte sich, wie ich dies erwartet hatte, dafür entschieden zu bleiben. Außer den beiden hatte sie niemanden, und alleine lassen wollte und konnte sie sie nicht.

Die Ruhigen, die etwas versetzt hinter unserem Acker in das Fichtenwäldchen hinein wohnten und ohnehin schon lieber auf das Ungewisse zu warten als in das Ungewisse zu flüchten die Absicht gehabt hatten, waren ebenso wie wir tief betroffen über die von ihren Leiden erlösten Gestalten, so daß auch ihr Entschluß feststand zu bleiben.

Und so blieb nur noch die Familie am Weg zum Nachbarsdorfe. Die Angst des Mannes vor dem, was sich seine Träume des Nachts über den Feind ausmalten, war größer als die Angst vor Kälte, Hunger und Erschöpfung. Seit Tagen hielt er seinen kleinen Viehwagen schon bereit, hatte alle seine Habe oder das, was er dafür hielt, auf ihm verstaut. Nur fahren konnte er nicht. Nicht, daß er dazu nicht im Stande gewesen wäre. Nein, seine Angst hätte dem Wagen sogar Flügel verliehen, wenn die Pferde gescheut hätten. Doch die Pferde scheuten nicht.

Die Tiere nicht, dafür aber der Domänenbesitzer. Der scheute sich davor, den großen Traum vom Sieg, den unerschütterlichen Glauben an den Verbrecher in der Hauptstadt ein für allemal öffentlich zu Grabe tragen zu müssen. Für sich selbst hatte er den Beerdigungsgottesdienst bereits gehalten, sein Karren war längst angespannt. Nur den Befehl für alle anderen bepackten Wagen, sich nun endlich in Bewegung zu setzen, den gab er nicht. Es schien, als wollte er allen die Möglichkeit geben, mutiger zu sein, als er es war. Denn wie hieß das Motto der letzten sechs Jahre: Wir sterben eher, als daß wir uns ergeben. Und zum Wohl - Prost Mahlzeit!

Und so wartete der Mann, auf seinen Koffern sitzend, mit seiner Familie in seinem Haus am Weg zum Nachbarsdorf auf den Treckbefehl. Doch der Befehl kam nicht. Wie hätte er auch sollen, wo der Bonze bereits über alle Berge war, seinen fetten, verfressenen Arsch in Sicherheit gebracht hatte und die anderen sich vor Angst in die Hose scheißen ließ.

Schließlich gab irgendwer im Dorf in seiner Verzweiflung den Befehl, und dreißig Pferdestärken brausten ab. Aber selbst wenn sie so schnell wie eine Springflutwelle gewesen wären, hätte diese sie nicht mehr an das andere Ufer gespült. Sie kamen zwar noch fünfzig Kilometer westlich der Kreisstadt, doch dann war Schluß - eingekesselt - und alles zurück - marsch, marsch.

Und so waren wir am Ende alle geblieben, die, die hatten wollen und die anderen notgedrungen auch. Jedem war seine Entscheidung abgenommen worden", sagte der Alte und machte wieder eine kurze Pause, um sich seine Pfeife, die in der Zwischenzeit erloschen war, neu anzuzünden. Er saugte erst ein wenig die Flamme an, um dann den entzündeten Tabak mit Blasen entfacht zu halten.

"Die nächsten Tage vergingen mit einem beunruhigenden, nervösen Warten", fuhr er fort. "Niemand - die, die weg gewollt hatten, ohnehin nicht - war davon überzeugt, daß wir hier, in unseren Häusern, auf unserem Land sicher waren. Die einzige Beruhigung, wenn man überhaupt davon sprechen konnte, lag in der Tatsache, daß beinahe alle noch da waren. Nur wenige waren wie die alleinstehende Frau, auch ohne den Treckbefehl abzuwarten, in Richtung Westen geflüchtet oder hatten über die See fliehen wollen. Gerüchteweise hatten wir gehört, daß der Feind auch auf die Dampfer mit den Flüchtlingen schoß.

Na ja, so saßen wir hier und warteten und zermürbten uns mit Gerüchten gegenseitig. Ich versuchte mich an all dem nicht zu beteiligen und verlor kein Wort darüber, was ich beim Ausschachten erlebt hatte. Außer noch größerer Angst vor dem, was uns ohnehin erwartete, hätte es ohnehin nicht bewirkt. Über eins jedoch waren wir uns trotz aller gegensätzlichen Meinungen und Ansichten einig: Wenn jemand etwas zu befürchten hatte, dann waren es die Frauen und diejenigen Männer, die noch so aussahen, als hätten sie irgendwann in näherer oder fernerer Vergangenheit unserer Armee angehört. Was für eine verkehrte, verrückte Welt: Jeder versucht doch jünger auszusehen, als er in Wirklichkeit ist. Und denen die Natur ein junges, jugendliches Aussehen auch mit fünfzig oder mehr Jahren noch geschenkt hatte, die verlangten nun ganz eifrig nach Mehl, um der Natur auf die Sprünge zu helfen.

Die anderen waren noch mehr oder minder junge Burschen, die aus dem sich auflösenden Soldatenhaufen entlassen worden waren, nicht gewußt hatten, wohin und einfach nach Hause zu ihren Eltern, ihren Frauen, ihren Familien zurückgekehrt waren. Bei uns im Abbau nicht, aber im Dorf war ein solcher Mann angekommen. Seine Kompanie hatte sich bereits drei Wochen zuvor mehr oder minder diszipliniert aufgelöst und hatte sich in alle Windrichtungen verstreut. Mehrere Tagesmärsche hatte es gedauert, bis er schließlich hier eingetroffen war. Er fühlte sich erstaunlicherweise so sicher, wie seine

Entlassungspapiere den Hauch des Offiziellen hatten, und war ein Verwandter unserer Nachbarn, die hatten flüchten wollen. Dort im Dorf war es auch, wo man mehr und mehr zu der Ansicht gelangt war - woher sie kam, wußte ich auch nicht - daß man sich zusammenrotten müsse, sich irgendwo verstecken, daß nur ein paar Alte oben an der Oberfläche blieben und der Rest wie ein U-Boot abtauchte. Die Idee, die dahinter steckte, war ihrem Grunde nach vernünftig. Man wollte abwarten, bis die ersten sondierenden Voraustruppen vorübergezogen waren. Vor ihnen fürchteten wir uns am meisten, sie sollten der schlimmste Haufen sein. Der nachrückenden Armee wollte man sich dann zeigen. Denn welche Vorhut war schon an ein paar Alten interessiert. Plündern und stehlen würden sie, aber dann doch weiterziehen - da war man sich einig, so dachten die meisten.

Fieberhaft suchte man nach einem solchen Ort, an dem man sich verborgen halten wollte, und kam dann zu der Ansicht, daß nur ein solcher existierte: der Vorratskeller unter meiner Scheune. So mußte ich mich, der Not der Dinge gehorchend, bereit erklären, ihn zur Verfügung zu stellen. Er bot Platz für dreißig bis vierzig Personen und war sicherlich alles andere als luxuriös, halt für Vorräte bestimmt und auch so angelegt und ausgestattet. Ein langer Gang mit verschiedenen Nischen an beiden Seiten, in denen Kartoffeln, Wintergemüse, eingewecktes Obst und sogar noch zwei herrliche Schinken aus eigener Schlachtung, die

die Luft langsam trocken werden ließ, besseren Zeiten entgegenlagerten.

Ich legte den gefrorenen, harten Erdboden mit etwas Stroh und Heu aus, schob die selbstgezimmerten Regale so zurecht, daß sie niemanden störten, richtete auch sonst soweit alles her und warte mit dreißig Freunden aus dem Dorf und unserem Abbau auf das, was uns bevorstehen sollte. Nur sechs Alte waren draußen geblieben, unter ihnen auch unsere betagten Nachbarn.

Wieviele Tage es noch dauerte, ehe der Feind bei uns war, kann ich nicht mehr sagen. Es mögen drei Tage, es kann aber auch eine Woche gewesen sein. Wir hielten uns ohnehin mehr in unseren selbstgewählten Katakomben auf als oben - wir mußten ja damit rechnen, daß er schon im nächsten Moment unter Waffen vor uns stünde. Und so wuchs im gleichen Maße, wie in diesem dunklen Loch unser Zeitgefühl schwand, auch die Angst. Wenig Essen - wenig Schlaf - wenige Worte, jeder versuchte für sich alleine mit ihr fertig zu werden. Keiner wollte dem anderen ein Bild davon machen, wie er sich seine eigene Hölle ausmalte. Nur einen unter uns gab es, der erstaunlich gelassen war. Ganz ruhig saß er da, ging ab und zu hinauf, eine Zigarette zu rauchen, faßte sich jedes Mal, wenn er wieder herunter kam, mit einem beinahe kindlichen Ausdruck der Beruhigung an seine Brusttasche und nahm dann wieder seinen Platz ein. Es war der aus der Armee Entlassene, den all dies überhaupt nicht zu berühren schien.

Ich wußte nicht, was passieren würde, aber eines bemerkte ich, je mehr Gedanken ich mir machte, desto schlimmer, schrecklicher und grausamer wurden sie. Zu Anfang hier unten dachte ich nur an Plünderung.

Dann aber löste ein Schrecknis das andere ab und Plünderung war eine harmlose Spielart geworden. Je länger ich dachte, desto weniger empfand ich Plündern als Unrecht, sondern beinahe schon als unabwendbaren Gang der Dinge.

Daß ich schlief, konnte ich nur noch daran erkennen, daß meine Träume noch schrecklicher als meine Gedanken waren. Die Dunkelheit hatte die Zeit zu einem Brei gemacht, der wie im Märchen keinen Anfang und kein Ende hatte, sondern nur noch ein zähes Mittendrin, so daß ich nicht mehr imstande war, Minuten und Stunden auseinanderzuhalten.

Die Rast- und Ruhelosigkeit zehrte so sehr an meinen Nerven, daß ich daran dachte, lieber zweimal zu Fuß um die Welt zu laufen, als weiter hier zu sitzen und zu warten. Mir drängte sich das Gefühl auf, und ich kam von ihm nicht los, daß die Ungewißheit schlimmer als das Wissen um das Unfaßbare und Schreckliche waren.

Was meine Frau dachte oder die anderen - ich weiß es bis heute nicht. Wir haben niemals darüber gesprochen. Außer dem Mann mit seinen Papieren aber hatten alle - und ich bin mir ganz sicher, dafür kannte ich jeden von ihnen schon zu lange und zu genau - mehr Angst als jemals in ihrem langen Leben zuvor. Und daß geteiltes Leid halbes Leid ist, mag vielleicht stimmen. Aber von uns teilte niemand, litt jeder für sich allein und verdoppelte so seinen und den Leidensweg der anderen.

Für die meisten unter uns war - so verrückt dies klingen mag - der Moment, in dem wir ein fernes Knattern, ein leises Grummen hörten eine Art Erlösung. Einige hatten sich in den Tagen hier unten so gemartert, daß sie nun herausstürmen wollten, komme was da wolle, nur ans Licht, nur nach oben. Wir mußten ihnen Prügel androhen und sie festhalten, mußten sie davon abbringen, in ihrer Unbedachtheit uns alle zu verraten. Was sich über uns an den nächsten beiden Tagen abspielte, vermag ich nur aus den paar Wortfetzen, die sich zu uns hinunter verirrten, und dem zu sagen, was mir von denen dort oben im nachhinein erzählt wurde. Von dem Stimmengewirr zu urteilen, bestand der Trupp Soldaten aus vielleicht fünfzehn Personen.

Gleich als unser Nachbar die Soldaten mit ihren Gewehren in der Hand von dem Lehmweg her in den Abbau heruntergehen sah, lief er, so schnell er nur eben konnte, mit einem Eimer Pellkartoffeln auf sie zu. Die andere hielt er hoch erhoben.

Einer der Soldaten hatte gleich sein Gewehr in Anschlag genommen, hielt die Mündung auf das immer noch rennende Häuflein Elend und rief in seiner Sprache: 'Keinen Schritt weiter, Alter, oder ich knall´ dich über den Haufen.'

Obwohl er kein Wort verstanden hatte, durch harschen Ausdruck der Stimme allein, stoppte unser Nachbar abrupt und ließ den Eimer mit den Kartoffeln fallen. Arme hinter dem Kopf verschränkt. Stand wie ein Baum da. Beinahe so, als hätte er schon immer dort gestanden. Verwurzelt, fest und ruhig. Sein Blick starr und in unermeßlicher Angst auf die Soldaten gerichtet.

10, 15 Sekunden Warten.

Die Soldaten kommen näher, sehen den Mann, merken, daß er vor Angst zittert. Einer reibt über das Hinterteil des Mannes, riecht an seiner eigenen Hand und schreit: 'Pfui, stinkt das alte Schwein. Wer hat mir immer erzählt, die seien sauber und ordentlich.'

Alle beginnen zu lachen, gleichzeitig, laut, furchterregend laut.

Dann zwei Schüsse, und ein dritter unmittelbar darauf, aber kein Geschrei - sie müssen in die Luft abgefeuert worden sein.

'Essen!' krächzt der Alte mit kloßiger Stimme. 'Kartoffeln!'

Einer greift zu Boden. Nimmt sich eine, pellt sie auf.

'Gut!' ruft er in seiner Sprache.

Die anderen bücken sich ebenfalls.

'Hier von euch Soldaten?' schreit der erste auf einmal, schmeißt die Kartoffel wieder weg und schaut den Alten drohend an.

'Nein!' sagt er angsterfüllt und bearbeitet die Luft um sich herum mit seinen beiden Händen wie einen brachen Acker. 'Hier nix Soldaten. Alle weg!' winkt er mit beiden Armen in Richtung Kreisstadt. 'Alle nach Westen. Nur alte Männer und alte Frauen. Nix Soldaten. Alle weg!' wiederholt er, so als wären sie nicht nur woanders, sondern noch niemals hier gewesen.

'Du lügen!' brüllt ihn ein anderer an.

'Nein, nein. Alle weg!' beteuert er.

'Du lügen. Alle deine Leute lügen!' schreit ein dritter dazwischen.

'Wir wollen sehen dein Haus und andere!' fällt ein vierter ein. 'Wenn wir kein Soldat finden, gut. Wenn doch - schlecht für alle. Verstanden?'

Sie treiben ihm mit dem Gewehr zu seinem Haus.

Teilen sich auf und durchsuchen alle Häuser. Die alten Frauen und Männer stehen schon davor - teilnahmslos, wie Staffage.

Das ganze dauert zehn Minuten, vielleicht eine Viertelstunde.

Dann unser Haus - und unser Stall. Banges Warten. Doch niemand entdeckt den Eingang zum Keller.

Dann endlich der Befehl. Alle kommen zusammen.

'Offensichtlich keine Soldaten, Kommandant!'

'Bei mir auch nicht, und bei dir?'

'Nein, hier auch nichts!'

'Dann machen wir Quartier. Auf die Häuser verteilen!'

Aufatmen!

Drei oder vier waren in jedem Haus, hatten dort schnell den schönsten Raum ausgespäht und ihre Sachen in wilder Unordnung durch die Räume geschmissen. Geschirr wurde mit Gewehrkolben zertrümmert. Vitrinen mit Maschinenpistolen eingeschlagen. Nachdem man sich in dieser Weise eingerichtet hatte, kam man nach einer Stunde etwa im Haus unseres Nachbarn zusammen, wo der Kommandant sein Quartier gemacht hatte. Von dem, was sie untereinander sprachen, konnten wir nichts verstehen, das Haus war ja dreißig Meter von unserem Loch entfernt. Nur ab und zu hörten wir einen Schrei und zusammenhangloses Gegröle. Einer von uns verstand ihre Sprache, konnte aber auch immer nur Wortfetzen aufschnappen, wenn einer von ihnen aufbrauste und die anderen mitriß. Über den Rest hüllte sich ein Schleier aus Unwissenheit und Angst. Manchmal hörte er - oder er meinte zu hören, weil wir dies so wollten - daß sie übermorgen schon weiterziehen wollten. Dann aber wiederum vernahm er irgendetwas anderes.

'Nein, es dauert noch eine Woche!'

'Aber so lange können wir hier unten unmöglich aushalten!'

'Die wollen uns mürbe machen!'

'Ach hör doch auf, die wissen doch gar nicht, daß wir hier sind!'

'Pscht! Ich höre wieder was. Seid still!'

'Was sagen sie?'

'Irgend etwas von anderen Truppen.'

'Kommen etwa noch mehr? Oh mein Gott, was sollen wir nur machen?'

'Meinst du etwa, dein Gott hilft dir? Der hat doch für uns die Einladungskarten bereits verschickt!'

'Jetzt seid doch endlich still. Wie soll ich denn etwas verstehen, wenn ihr alle durcheinander redet!'

Plötzlich wieder ein Schrei, eine Flasche, die sich an einer Hauswand zerkleinert, ein dumpfes, lautes Gegrummel, für einen kurzen Augenblick Ruhe und dann von neuem zu Mutmaßungen Anlaß gebendes Stimmengewirr.

So ging es Stunde um Stunde, fast schon mit dem wiederholungswütigen Eifer einer kaputten, grausamen Schallplatte. Aber anstatt sich dieser Platte zu entziehen, indem man zu schlafen versuchte, hielt die Angst vor dem, was nun zum Greifen nah über uns wandelte, die meisten wach. Nur die Kinder hatten ihre Augen zugemacht und schliefen. Ich behaupte einmal, daß die wenigsten von ihnen begriffen, was vor sich ging. Seltsamerweise hatte sie die Angst ihrer Eltern, Onkel und Tanten nicht anstecken können. Ihnen mußte alles wie ein lang ausgehecktes, ewig dauerndes Versteckspiel vorkommen, über das sie vor lauter Langeweile eingeschlafen waren.

Einige Leute, auch wenn sie schon seit Jahren keine Kirche mehr von innen gesehen hatten, hielten ihre Hände gefaltet oder fest aneinandergepreßt und beteten leise, andere flüsterten sich gegenseitig etwas ins Ohr. Die Ehepaare hielten sich in einer Mischung aus nackter Angst und warmer Zärtlichkeit bei den Händen.

Der nächste Tag verlief unter äußerster Anspannung, aber war doch alles in allem ruhig. Die Soldaten trafen sich in kleinen Gruppen vor den Häusern und rauchten ihre bitteren, hauchdünnen, beinahe nur aus Papier bestehenden Zigaretten, begaben sich wieder in die Häuser, ließen sich von den Alten Kohlsuppe machen und lungerten so herum. Soweit wir es von hier unten beurteilen konnten, war es zu keinen Übergriffen oder demütigenden Schikanen gekommen. Die Soldaten verhielten sich äußerst besonnen.

Ich fand irgendwann - es muß so um die Mittagszeit gewesen sein - auch ein paar Augenblicke, in denen ich eindöste. Es war ein unruhiger Schlaf, und Träume, die ich eigentlich immer hatte, wollten sich auch nicht einstellen. Aber welcher Mensch funktioniert schon wie gewöhnlich, wenn eine Maschinenpistole mit seiner Schläfe anbändeln möchte.

Bereits am frühen Nachmittag ließen die Soldaten sich mit billigem Schnaps vollaufen und die Alten für Hol- und Bringedienste tanzen. Zuweilen wieder Gegröle oder der mißglückte Versuch, im aufsteigenden Suff ein Soldatenlied anzustimmen. Zwischendurch immer ein beunruhigendes metallisches Geräusch: Das Entsichern und Durchladen der automatischen Gewehre und Pistolen. Doch zum Glück kein Schuß. Die Nacht verlief wie die vorherige, ohne Zwischenfälle.

Wenn alles gut ginge, dann wären sie morgen bereits woanders, irgendwo, Hauptsache, nicht mehr hier, so dachten die meisten.

In dieser Hoffnung, nein, so gut wie alles gelaufen war, beinahe schon Erwartung, schlief ich ein und begann auch wieder zu träumen. In einem riesigen, bis zum Horizont reichenden, in fettem Gelb erblühenden Rapsfeld befand ich mich. Alles voller Schmetterlinge und in seiner Mitte eine alte Vogelscheuche, der die Kinder den alten Filzhut geklaut hatten. Ein schwacher Wind strich mal von der einen, mal von der anderen Seite mit sanfter Hand über den Raps. Ich stapfte ohne Ziel durch einen riesigen Ozean, dessen Wellen sich zierlich und sacht erhoben, um ebenso leise und vorsichtig wieder zu verebben. Ich drehte mich auf der Stelle im Kreis, so als käme von irgendwo ganz fern, noch ganz leise der Klang einer zierlichen, schönen, aber dennoch vollen Musik: Zuerst Harfen, danach sich spielerisch einfügend Geigen, Bratschen und Oboen. Doch je mehr und schneller ich mich drehte, desto näher und lauter wurde die Musik: der liebliche Klang der Harfe verschwand, und das metallische Rauschen der Hörner kam auf. Es brandete und wogte, zog Trompeten hinter sich her und übertönte mit seiner eisernen Macht das Holz und die Saiten. Schließlich noch der rasselnde und uniformiert eintönige Klang von Spielmannszugstrommeln. Aus dem heiter unbeschwerten Anfang einer herrlichen Sinfonie war ein erdrückender Marsch geworden: und links, zwo, drei, vier.

Das Feld wagte nicht anders als regelmäßig zu wogen, und auch ich konnte mich dem alles befehlenden Rhythmus nicht entziehen und mußte marschieren. Ich marschierte und marschierte.

Doch dann ganz urplötzlich ein Paukenschlag - ein alle Musik vernichtender Donner: ein Schuß.

Ich drehte mich um, konnte aber nicht ausmachen, von woher der Schuß gekommen war. Dann noch einer und ein dritter. Mein Arm erhielt einen schmetternden Schlag. Ich schaute und sah Blut, viel Blut, unendlich viel Blut, wie es aus meinem Arm hinaus auf die gelben Blütchen spritzte.

Der Himmel verdunkelte sich, und das Feld bekam einen violetten Anstrich.

Der Wind nahm zu und wurde zum Sturm.

Ich drehte mich und hörte einen weiteren Schuß.

Ich stürzte, fiel hin, stand wieder auf und hinkte. Auch mein Bein war getroffen.

Und noch ehe ich überhaupt irgend etwas denken konnte, sah ich schon die Vogelscheuche mit einem Gewehr in der Hand durch ein Meer von Violett staken. Direkt auf mich zu.

Regen kam auf. Ein richtiger Schauer.

Ich erwachte.

Aber was war das? Es regnete immer noch.

Aber wie konnte das sein? Wir waren doch in einem abgeschlossenen Kellerloch.

Und das war auch kein Regen, es schmeckte so komisch salzig.

Dann plötzlich ein lauter Schrei.

Heftige Fußtritte gegen die Decke, wieder Rufe - alle waren wach.

Verdammt! Sie haben die Luke entdeckt. Er ruft die anderen zusammen. Hier ist ein Keller, schreit er immer wieder. Kommt, hier ist ein Keller .

Oh mein Gott, sie haben uns gefunden. Mein Gott, was werden sie mit uns machen?

Es dauert keine halbe Minute, und schon hört man zwanzig Füße den Boden bearbeiten. Und sie kommen näher, immer näher. Jeder Stampfer auf die Erde wie ein Stich ins Herz.

Ich kann kaum noch atmen, Schweiß überall, mein Herzschlag so laut wie das Gestampfe. Poch - Bumm - Poch - Bumm.

Dann ein Schlag. Mitten auf die Luke.

Ein lautes Durcheinander draußen - stille, panische Angst innen.

Die Luke wird hochgerissen. Und dann ein, zwei, drei, vier Gewehrläufe - alle auf uns gerichtet. Die Finger am Abzug. Was wird geschehen? Drücken sie ab?

Eine Sekunde vergeht, eine zweite - nichts - kein Geschrei, kein Gebrüll. Stille.

Plötzlich die Stimme des Kommandanten urgewaltig laut: 'Bastarde. Ihr alles Schweine. Los, los. Raus aus euren Rattenloch. Mistböcke. Abschaum. Dreck. Los, wollen ihr wohl kommen. Oder wir euch gleich erschießen in eurem Drecksnest!'

Dann ein Schuß draußen. In die Luft. Unsere Arme hoch erhoben. Beinahe im Laufschritt nach oben ans Tageslicht. Dort stehen sie. Fünfzehn, zwanzig Mann. Alle ihre Gewehre im Anschlag, auf uns gerichtet. Kein klarer Gedanke mehr: regnete es, schneite es, schien die Sonne - ich weiß es beim besten Willen nicht.

13

Zehn Minuten stehen wir so da. Ein armseliger Haufen.

Wir warten auf ein Kommando, einen Befehl - doch es kommt nichts. Nur stilles, angsterfülltes Warten.

Der Kommandant mustert uns. Er winkt einen seiner Soldaten zu sich. Der ist sofort bei ihm. Sie tuscheln untereinander. Der Soldat nickt einmal und dann ein zweites. Er geht wieder.

'Wer von euch Soldat?' schreit der Kommandant.

Keine Antwort.

'Wer von euch Soldat?' brüllt er noch einmal und wird puterrot.

'Niemand!' ruft auf einmal eine Alte sechs Schritt von mir entfernt.

'Du lügen. Wir dich sollen erschießen? Also wo Soldaten?', schreit er, wobei seine Finger nervös am Gewehrkolben nesteln.

Niemand von uns wagt etwas zu sagen.

'Gut, ihr nicht sagen wollen. Ich aber euch sagen, wir werden finden heraus. - Also alle bis auf du, du', macht sein Zeigefinger seine grausame Runde, 'du und du!' wobei der letzte der Mann aus dem Dorf mit den ausgestellten Entlassungspapieren ist. 'Ihr bleibt hier. Der Rest ab in die Scheune.'

Die vier bleiben stehen. Uns treibt man unter Gewehrkolbenhieben in die Scheune. Zwei Soldaten bleiben davor und schieben Wache.

Schnurgerade standen die vier draußen und warteten. Fünf Minuten mag es gedauert haben, dann schubsten sie den ersten von ihnen in unser Haus.

Ein kurzes Verhör, fünf Minuten vielleicht - und er war wieder draußen. Mußte durch ein Spalier von Läufen in die Scheune traben.

Vollkommen mit seinen Nerven am Ende, schmiß er sich in eine Ecke und begann zu heulen. Alle wollten wissen, was man ihn gefragt hatte, auf welche Art und Weise das Verhör vonstatten gegangen war. Doch niemand wagte ihn anzusprechen.

Inzwischen war auch der zweite vorgeführt worden. Ein Zweiundfünfzigjähriger, einer von denen, die immer noch als neununddreißig durchgehen konnten.

Bei ihm dauerte das Verhör bereits über eine Viertelstunde. Aber auch er wurde wieder hinausgelassen und mußte den gleichen Gewehrkolbenlauf zu uns in die Scheune vollführen.

Er war erschöpft. Die Anspannung nicht nur im Gesicht, sondern am ganzen Körper sichtbar. Er mußte sich mitteilen, um Ruhe zu bekommen, mußte erzählen, was sich in unserem Wohnzimmer zugetragen hatte.

Zu dritt saßen sie da: der Kommandant und zwei seiner Soldaten. Gebrochen und schnell schmetterte eine Frage die andere:

'Du Soldat?'

'Nein!'

'Du Soldat gewesen?'

'Nein!'

'Du Partei?'

'Nein!'

'Du lügen - alle deine Leute Partei. Also du Partei?'

'Nein, wenn ich´s doch sage!'

Und schließlich hätten sie ganz plötzlich von ihm abgelassen. Warum - das hatte er auch nicht sagen können. Sie hätten ganz ohne Grund aufgehört, genauso wie sie ihn auch grundlos ausgewählt hätten. Reine Willkür.

Und dann kam als dritter eben jener an die Reihe, der zwar seine Entlassungspapiere hatte, aber genau wußte, daß sie in diesem Moment nicht das Gedruckte auf dem Papier waren. Der vierte draußen hörte, was man ihn fragte.

103

'Du Soldat?'

'Nein!'

'Du lügen!'

'Nein!'

'Du lügen. Wir doch wissen, daß du Soldat! Warum du also lügen?'

'Aber ich bin kein Soldat!'

'Ehrliche Soldaten wir nichts machen mit, aber Lügner - Also du Soldat?'

'Nein!'

'Wie alt du?'

'43'

Die Fragen wurden immer schneller und schneller.

'Wann du geboren?'

'3.9.'

'Du wohnen hier?'

'Ja!'

'Du verheiratet, du Bastard, ha ha', begann der Kommandant laut und geringschätzig zu lachen.

Eine Pause.

'Warum du nicht antworten, Schwein, du nicht wissen?'

'Ich bin nicht verheiratet.'

'Dein Beruf?'

'Bauer.'

'Du zeigen Hände!' zog er die Handflächen des Delinquenten zu sich. 'Das nicht Hände von Bauern. Das

Hände von Klavierspieler! Du nix Bauer, du Auswurf einer dreckigen Hure!'

'Doch, ich bin Bauer!'

'Du schon wieder lügen. Warum nur so viel lügen. Wir alles über dich wissen. Du waren im Krieg?' fragte der Kommandant ganz ruhig, während der Mann immer nervöser wurde.

Fortwährend packte er sich an seine Brusttasche, in der der Entlassungsschein war. Schweißtropfen bildeten sich einer nach dem anderen wie ein Mosaik aus Angst und Bedrängnis auf seiner Stirn.

Sein Gesicht, erst himbeerrot, verlor ebenso schnell, wie die Fragenpistole feuerte, seine Farbe. Das Wissen, daß er unter den Vieren als einziger jemals Soldat gewesen wahr, lähmte seine Gedanken und ließ jede Antwort länger, umständlicher und unruhiger werden.

Schon längst natürlich hatte der Kommandant bemerkt, was in dem Mann vorging, und wußte, daß er einen Fisch am Haken hatte, den er, bevor er ihn mit seinem Messer auszunehmen gedachte, eine zeitlang noch aus Freude an der Qual seines Opfers zappeln lassen wollte.

'Warum du so bleich? Warum Schweißtropfen? Warum du immer zupfen an deiner Tasche? - Du Soldat. - Du getötet viele von meinen Kameraden!'

'Nein, ich nix Soldat! Nix, niemals, nie. Wollen Sie mich denn nicht verstehen?'

'Ach, du lügen, Kumpel, du lügen. Und dazu noch, wie sagt man, plump! Wo du haben gearbeitet letzte Jahre?'

'Hier!' kam seine schnelle, unüberlegte Antwort.

'So du hier arbeiten die letzten Jahren', wurde der sarkastische Gesichtsausdruck des Kommandanten mit einem Male ernst, ja geradezu bedrohlich. 'Du sagen: du 43', seine Augen verkleinerten sich in eben dem Maße, wie sie sich verfinsterten. 'Warum du dann kein Soldat, niemals im Krieg gewesen? Ich 45!'

Der Mann begann am ganzen Körper zu zittern. Schweißbäche ergossen sich von seiner Stirn auf den Tisch. Sein Mund war trocken. Er schnalzte mit der Zunge und hechelte nach Luft.

Eine Pause.

Dann das Brüllen des Kommandanten: 'Du Schwein. Wir dich machen tot, wenn du nicht sagen die Wahrheit!'

'Nein, ich niemals Soldat, ich schwöre. Ich bin ein ...', sagte er und setzte seine Unterschrift unter all das, was sich fünf Minuten später abspielen sollte. Mit einem Satz in einem Akt der Verzweiflung leugnete er seine wahre Nationalität und gab sich, ohne auch nur eine Sekunde darüber nachgedacht zu haben, eine neue. Ein Zwangsarbeiter wäre er, der die letzten fünf Jahre hier hatte knechten müssen.

Der Kommandant schrie - so laut, daß wir es in der Scheune hören konnten - in der Sprache, die der Mann in seiner Bedrängnis zu seiner Muttersprache gewählt hatte, von der er aber nicht ein Wort verstand.

'Wo bist du geboren. Du Mistschwein?'

Der Mann jedoch konnte nicht antworten, wußte nicht einmal, was man ihn gefragt hatte und begann zu wimmern: 'Ich bin kein Soldat. Ich bin kein Soldat. Mein Gott, oh mein Gott. Hier mein Entlassungsschein. Ich bin kein Soldat.'

Den Kommandanten interessierte der Wisch nicht, das alles interessierte ihn nicht mehr. Er gab Zweien seiner Leute ein Zeichen, die den Mann darauf aus dem Wohnzimmer hinter das Haus schleppten.

Wir hörten erst Geschrei, danach nur noch Gewinsel.

Stille. Eine Sekunde, eine zweite.

Darauf ein markerschütterndes 'Nein !!!'

Dann ein Schuß.

Der Mann war sofort tot.

Den Vierten, der immer noch draußen stand, holte man gar nicht mehr zum Verhör ins Haus, sondern schickte ihn gleich zu uns in die Scheune.

Wir blieben dort bis zum Abend. Verängstigt. Still. Es erfolgte die Verteilung auf unsere Häuser. Die beiden Wachsoldaten kamen herein, brüllten etwas in ihrer Sprache, was keiner verstehen konnte, und trieben uns auf den Haufen der lärmenden und betrunkenen Soldateska zu, die uns torkelnd jeweils zu zweit oder zu dritt, je nachdem, wieviele in einem Haus seßhaft geworden waren, mit stichelnden Läufen in unsere Wohnungen bugsierten. Der Abend verlief, soweit man dies überhaupt sagen konnte, alles in allem, dank wem auch immer, äußerst ruhig. Bis über

107

beide Ohren hatten sie sich mit billigem Kartoffelschnaps betrunken und waren besoffen in unsere Betten gefallen. Ich selber lag in der Küche neben unserem Herd und während ich dort auf dem Boden lag und versuchen wollte zu schlafen, da wurde mir erst bewußt, wie dankbar ich sein mußte, überhaupt noch am Leben zu sein. Denn wem gehörte der Keller, in dem alle versteckt worden waren? Wer hatte sie dort untergebracht? Es mag zynisch und gefühlskalt klingen, aber der Tod des Mannes hatte mir das Leben gerettet. Er hatte für alle, die sich dort versteckt hatten, dran glauben müssen.

Der Keller nämlich: Niemand interessierte sich mehr dafür. War den Soldaten in ihrem Suff gleichgültig, wer der gottverdammte Besitzer war. Sie hatten einen von uns an die Wand gestellt. Das reichte - zumindest vorläufig", brach der Alte ab. Seine Blicke lasteten schwer und ängstlich auf dem Kater, dann zogen sie über den Boden vor ihm und tasteten schließlich mit zielloser Weite Gischtkrone um Gischtkrone ab. So saß er minutenlang da, seine Augen bloß starr auf die See gerichtet, ansonsten völlig regungslos. Es mochte bestimmt eine Viertelstunde gedauert haben, ehe er wieder zu sprechen anhob.

14

"Dann kam der Tag, so schemenhaft er mir auch nur in Erinnerung ist, so ungenau ich ihn auch nur wiederzugeben vermag, der mir unauslöschlich in mein Gedächtnis eingebrannt ist. An diesem Tag habe ich das, was mir bisher über Sinnlosigkeit, Ungerechtigkeit und Willkür menschlichen Handelns bekannt war, über Bord meiner Erkenntnis werfen können. Er sollte mich lehren, was diese Begriffe wirklich bedeuten. Lange vor den besoffenen Soldaten waren wir aufgestanden. Meine Frau bereitete das Frühstück vor, in der Hoffnung, auf diese Weise die Soldaten milder zu stimmen. Alle außer dem Kommandanten und zwei Wachhabenden hatten sich hemmungslos betrunken. Auch die drei, die sich bei uns einquartiert hatten, torkelten so etwa gegen elf Uhr aus unserem Schlafzimmer. Mißmutig, ihren Rausch immer noch im Gesicht, nahmen sie sich von dem mit Wurstbroten hergerichteten Teller. Des weiteren aber schenkte man uns keinerlei Beachtung. Wir blieben in unserem Haus, bewegten uns ja keinen Schritt zuviel, in der Angst, irgend etwas falsch zu machen. Alles war ruhig. Die Soldaten schienen behäbig, immer noch betrunken, gelangweilt.

Doch dann mit einem Male alles zu Ende.

Ein Schuß.

Ein kurzer dumpfer Schrei, nein mehr ein Stöhnen.

Stille. Drei, vier Sekunden vollkommene Ruhe.

Dann der verzweifelte Schrei einer Frau.

Ich rase zum Fenster. Meine Frau zur Tür.

Ein alter Mann aus dem Dorf liegt bäuchlings regungslos vor dem Plumpsklohäuschen. Neben ihm kniend, hysterisch schreiend seine Frau. Zwei Meter entfernt ein Soldat, der seine Pistole langsam wieder in das Halfter gleiten läßt.

Ich verstehe nicht, was vorgefallen ist, aber meine Angst ist zu groß, aus dem Haus zu gehen. Ich reiße das Fenster auf und höre die Frau heulen und schimpfen.

'Was seid ihr nur für Menschen, ihr Mörder? Ihr habt ihn hingerichtet. Wieso nur? Wieso?' schreit sie und streckt ihre Hände flehend zum Himmel. 'Er wollte doch nur aufs Klo, ein Geschäft verrichten!' hört man ihre Stimme kaum noch vor Tränen.

"Kann denn das verboten sein?"

Der Soldat zündet sich eine Zigarette an, dreht seinen Kopf absichtlich von der Frau weg und sagt genau so ruhig, wie kalt: 'Er wollte sein Pistola aus der Tasch holen!'

Die Frau reißt den Leichnam herum und die Taschen der Hose von innen nach außen.

'Aber hat doch überhaupt keine Pistole. Seht doch hin, er hat überhaupt keine Pistole. Er hat doch keine.'

Verzweifelt richtet die Frau ihren toten Mann auf und umarmt ihn.

Diese Umarmung ist nicht zärtlich, sondern wild und voller Angst, so als wolle sie aus dem toten Körper noch einen Rest Leben quetschen.

'Mein Gott!' schreit sie, während sie ihren Mann immer und immer wieder küßt, 'Was seid ihr nur für Menschen? Greift man sich bei euch etwa nicht an die Hose, wenn man aufs Klo will? Tut man das bei euch nicht? Bei euch scheißt man sich wohl in die Hose, wie?'

Eine kurze Pause.

'Ihr habt ihn erschossen, nur weil er aufs Klo wollte. Nur dafür. Mein Gott. Mein Gott!'

Der Soldat zieht seine Pistole erneut aus dem Halfter, zielt auf die Frau und macht dabei mit seinem Mund zweimal einen Schuß nach. Er muß laut zu lachen anfangen und steckt seinen Schießprügel wieder zurück. Er dreht sich um und geht weg. Einfach so. Als wäre nichts vorgefallen.

Die Frau blieb schluchzend über dem Toten liegen und wünschte sich in diesem Moment, daß der Soldat ein zweites Mal abgedrückt hätte. Er hatte ihr alles genommen, warum nicht auch noch ihren kümmerlichen Rest Leben?

Die anderen Soldaten interessierte nicht, was geschehen war. Sie standen hier und da in kleinen Gruppen zu zwei, drei oder vier Leuten, rauchten ihre kleinen, bitter riechenden Zigarettchen, ließen sich mit Alkohol zulaufen und prosteten dem Schützen munter zu. Wieviele Dörfer hatten sie auf diese Art und Weise überrollt, wieviele Frauen hatten sie schon vergewaltigt, wieviele Menschen einfach hingerichtet. Gelangweilt und abgestumpft waren ihre Mienen, träge und behäbig ihr Gang. Alles, was sich bei mir aus lauter Furcht und Angst in Bruchteilen von Sekunden abspielte, weil sich für mich die Ereignisse überschlugen, war für sie nur eine belanglose Momentaufnahme. Hat sich wahrscheinlich aus ihren Gedächtnissen geschlichen, gehörte zu ihrem täglichen Leben wie essen und trinken.

Ich kann mir nicht vorstellen, daß sich der Kommandant heute noch daran erinnert, wie er den alten Mann, unseren Nachbarn, im Vorbeigehen exekutiert hat.

Oh, mein Gott, ich merke, wie ich selber durcheinander gerate. Die Abläufe beginnen wieder zu verschwimmen.

Hat er nun unseren Nachbarn nach dem Vorfall mit dem Mann am Klohäuschen hingerichtet oder vorher?

Warum weiß ich das bloß nicht mehr? Warum nur?", fragte sich der alte Mann, ließ seine Finger durch sein Haar fahren und haderte mit sich selber. Es brauchte einige Sekunden, dann fuhr er verstört fort.

"Aber macht das überhaupt 'was? Was interessieren noch Abläufe, wenn alles um dich herum reinstes Chaos ist?

Wieso hat es ausgerechnet ihn erwischt? Warum nicht mich oder irgendeinen anderen?

Aber nein, was rede ich da! Ich muß dankbar sein, daß sie sich nicht mich für ihre grausamen Spiele ausgesucht haben.

Er ist tot. Warum nach Gründen suchen? Er bleibt tot.

Hatte er nicht für immer dort bleiben wollen? Nun ist er für immer dort geblieben. Mit einem Stück Blei im Körper vor seinem Haus begraben.

Ohne irgendeinen Grund hinter das Haus geführt.

Der Kommandant, die Pistole im Anschlag, lädt durch, läßt den Schlitten zurücksausen, hält das Ding dem Alten ins Genick und drückt ab.

Der fällt in sich zusammen: tot!

Man hat ihm nicht einmal gesagt, warum.

Dann gehen sie zurück, rufen seine Frau und lassen sich einen Tee von ihr servieren. Die Frau begreift nicht, weil sie ganz woanders gewesen war, als es passierte, nämlich bei den Leuten am Waldrand zum drei Kilometer entfernten Nachbarsdorfe. Sie kocht Mittag, will die Kartoffelreste nach draußen bringen und findet ihren Mann vor der Hintertür, besudelt wie ein tollwütiges Stück Vieh von seinem eigenen schwarzkrustigen Blut.

Was an jenem Nachmittag sonst noch passierte? - Ich weiß es nicht. Immer wenn ich mich zu erinnern versuche, sehe ich in meinem Gedächtnis nur eine schwarze Wand - sonst nichts.

Wie oft habe ich schon probiert, über sie zu steigen oder an ihr vorbeizugehen. Ich schaffe es einfach nicht. Doch eigentlich bleibt auch nur zu hoffen, daß es mir niemals gelingen wird. Denn meine Angst wäre vor dem zu groß, was ich hinter ihr finden könnte.

Das nächste, an das ich mich erinnere, ist der folgende Morgen - und an dem waren die Soldaten weitergezogen."

Der alte Mann legte sein Gesicht in seine Hände und begann zu weinen. Ganz aufgelöst saß er dort in sich zusammengesunken und ließ seinen Tränen freien Lauf.

Immer wieder schüttelte er den Kopf und machte den Eindruck, als wäre all das erst vorhin geschehen und nicht bereits Jahre her. Einem Tier hatte er das erzählt, was er keinem Menschen hatte sagen können. Ein dummer, alter Kater hatte ihm die Last von den Schultern genommen, die kein Mensch hatte tragen wollen. Niemanden interessierte, was der Alte erlebt und durchgemacht hatte. Keiner nahm Notiz von ihm. Für die Leute hier existierte er nicht oder war schlicht ein Störenfried. So einfach war das. Punkt und aus.

Die Menschen in diesem Dorf hatte ihre eigene Art, die schreckliche Vergangenheit zu bewältigen. Man hatte dort gegen das Alte zu wettern begonnen, wo es einem unlieb geworden war. Und unlieb waren nicht die vielen Menschen, die im Namen von wem oder für was auch immer ihr Leben hatten lassen müssen. Nein, um die scherte sich keiner mehr. Allenfalls mal der Herr Pfarrer am Sonntag. Für die Leute hier schien das Schlimmste am Krieg, daß sie jetzt lauter Kuckuckseier in ihren Nestern hatten und das praktizieren sollten, was sie lange Jahre mit billigem Enthusiasmus auf ihre Fahnen geschrieben hatten: Du zählst nichts - Dein Volk zählt alles. Gemeinnutz geht über Eigennutz und, was weiß ich, welchen Scheißhausparolen sie noch zugejubelt hatten. Jetzt aber hatte sich die Parole geändert: Erst ich und dann mal sehen. Jetzt eiferte man eben der nach. Ja, so einfach war das, und Punkt und aus.

15

Es dauerte lange Zeit, bis sich der alte Mann wieder gefangen hatte, sich die Tränen mit einem alten, grauen Taschentuch aus den Augenwinkeln gewischt und sich die Nase geschneuzt hatte. Langsam begann er, den Faden wiederaufzunehmen, schaute in das braune und das grüne Auge seines Freundes, dachte einen kurzen Moment nach und setzte dann an.

"An die Tage, die folgten, kann ich mich nicht mehr erinnern. Wie ein ungeheurer Gongschlag hatten sich die Ereignisse auf mich ausgewirkt. In meinem Kopf nur ein wildes Gedreh, ein tiefes Grummen - sonst gar nichts. Kein Gedanke, kein Gefühl, nicht einmal Zorn, Wut oder Trauer. Nur eine bedrückende Leere. Ich sprach kein Wort, nahm um mich herum nichts wahr. Hättest du mich gefragt, wo ich bin oder wie ich heiße, ob ich Frau und Kinder habe oder auf der Welt allein bin, eine Antwort hättest du nicht erhalten. Nur ein irres Gestöhn und einen wirren Blick hättest du erhalten, der mehr über mich ausgesagt hätte, als ich dies jetzt mit Worten zu tun vermag.

Die erste Begebenheit, die mir wieder ein wenig mehr als verschwommen und schemenhaft vor Augen erscheint, mußte über eine Woche hinter dem gelegen haben, was mit uns geschehen war. Eine Ruhe lag mit der behäbigen Schwere einer mit Regen vollgesaugten, alten Pferdedecke über unserem Abbau. Die Toten waren begraben und damit auch die Erinnerung an sie. Niemand sprach über das, was vorgefallen war oder erwähnte einen der Verstorbenen. Über die Frühjahrssaat unterhielt man sich, so als wäre der kommende Frühling der gleiche wie fünf oder zehn Jahre zuvor, als hätte es niemals diesen Winter gegeben.

Aber nur so - in der Illusion des Normalen - war ein Weiterleben möglich.

Unser aller Interesse galt für die nächsten zwei Wochen einem kleinen Stück unbrauchbarer Grasnarbe samt Baracken. Nur zwei Kilometer lag es entfernt, und war für uns doch die letzten fünf Jahre unerreichbar gewesen. Zu Beginn des Krieges sollte dort, von Wald umgeben, eine Start- und Landepiste für Jagdflugzeuge entstehen. Alles war bis ins kleinste Detail ausgearbeitet und zwar mit dem Verständnis von Perfektion, das meinen Leuten eigen ist: Unterstellplätze für die Flugzeuge, beinahe schon ein richtiger Hangar, Aufenthalts- und Schlafräume für das Bodenpersonal, eine kleine Reparaturwerkstatt, ein separater Bau für die Verköstigung der Flieger und ein Offizierskasino. Fernmeldeeinrichtungen waren gelegt worden, so daß diesem Flugplatz mehr Fernsprecher zur Verfügung standen als allen Dörfern der Umgebung. Der Kinobesitzer in der Kreisstadt freute sich schon und hatte seinen Filmvorführsaal um fünfundzwanzig Plätze erweitert, seine Rechnung aber ohne die Grasnarbe gemacht. Der Untergrund, so stellte sich nach kompletter Fertigstellung heraus, war schlicht und einfach zu weich. Auch eilig angesetzte Dränagearbeiten blieben nach der für alle Beteiligten mehr als peinlichen und für drei Flugzeuge mit Leitwerkbrüchen geendeten Eröffnung erfolglos. So hatte die Kreisstadt fünfundzwanzig Kinoplätze zuviel, und der vermeintliche Flugplatz noch immer seine ungeheuer wichtige Anzahl von Fernsprechern. Denn das ganze Areal wurde erst einmal nach allen Regeln der Kunst eingemottet.

Zwei Jahre zogen ins Land und mit ihnen auch eine andere Verwendungsmöglichkeit herauf. Sollten hier schon keine Flieger starten und landen können, sollte der Ort zumindest nicht zweckentfremdet werden. Man hatte beschlossen, ihn für abgestürzte und abgeschossene Piloten samt ihrer Besatzungen zu nutzen.

Aus dem Flugplatz wurde ein Gefangenenlager. Die dort internierten Soldaten genossen, wenn man dies überhaupt sagen kann, eine Vorzugsbehandlung gegenüber den in den Massenlagern wie Schweine eingepferchten Kameraden anderer Nationalität. Sie bekamen aus der Heimat Pakete und Päckchen, von denen nach dem Zwangsabzug für das Wachpersonal immer noch so viel übrig blieb, daß gehamstert werden konnte.

Und auf diese Vorräte hatten wir es abgesehen.

Die Gefangenen waren längst nicht mehr hier, entweder in anderen Lagern oder vielleicht schon wieder in ihrer Heimat, wir wußten es nicht. Es interessierte auch keinen. Das einzige, was von Interesse war, war die Tatsache, daß sie unmöglich alle ihre gehamsterten Vorräte hatten mitnehmen können. Auch der Soldatenhaufen, der über uns hereingebrochen war, hatte nie und nimmer alles finden können. Und aus diesem Grunde war es beschlossene Sache, noch ehe die zweite Welle von ihnen hereinrauschte, uns mit den Sachen zu versorgen, von denen wir die letzten fünf Jahre nur hatten träumen können.

Kaffee war da und Schokolade, Zigaretten in Hülle und Fülle. Alles in Bettkästen oder Erdlöchern versteckt. Vieles zwar schon durcheinander und verwüstet, aber doch noch reichlich vorhanden. Wir bedienten uns. Vierzehn Tage lang. Entdeckten immer wieder neue Erdlöcher und andere Verstecke. Wie die Kinder freuten wir uns über jedes Täfelchen Schokolade. Zum ersten Mal seit sechs Jahren trank ich wieder echten Bohnenkaffee und nicht mehr diesen elenden Eichelersatz oder Muckefuck, der uns auf unsere Lebensmittelmarken den Krieg hindurch ausgeteilt worden war.

Und mit diesem kleinen Lichtblick kam ein Stück Hoffnung und Zuversicht wieder, die wir verloren zu meinen geglaubt hatten. Die kommenden vierzehn Tage waren eine seltsame Mischung unbeschwerten Lebens und beängstigender Erwartung. Wenn uns die Zeit am Tag sechsundzwanzig Stunden zugestanden hätte, es wären nicht drei, sondern drei mal drei mal drei Kaffeekränzchen mit Schokoladenkuchen und Plätzchen zelebriert worden. Alle waren vergnügt und guter Dinge, genossen mit einer tollwütigen Intensität von dem, worauf sie für den großen

Sieg hatten verzichten müssen. Jetzt hatten wir genug von der Milch und dem Honig, den er uns hatte bringen sollen. Nur waren wir nicht die Sieger, sondern die Besiegten, hatten aber soviel Zigaretten, daß es uns aus den Ohren herausqualmte. Wir lebten, als wäre jeder Tag unser letzter.

Des Morgens früh mit sechs Tassen Bohnenkaffee aufgestanden, bis das Gebälk vor Ruhelosigkeit und Unternehmungsgeist zu zittern begann, als zweites Frühstück Kaffee und vier Stücken Honigschokoladenkuchen. Zum Mittag dann ein frisch geschlachtetes Hühnchen - besser in unserem Bauch als in deren. Nachmittags Kaffeerunde mit Gebäck und Kuchen. Abends ein deftiges Abendbrot mit Blutwurst und Mett aus frischer Schlachtung und schließlich zur guten Nacht und, damit man auch bestimmt ruhig und angenehm schlafen konnte, zwei Stücken Schokoladenkuchen und vier Tassen Bohnenkaffee. Bloß alles vertilgen, bevor die Verwaltung der Niederlage Gestalt anzunehmen begann.

Eigentlich seltsam die Situation. Du weißt, du bist besiegt. Dein Dorf wird überrannt, deine Freunde hingeschlachtet, und dann ganz plötzlich nichts. Nur Ruhe. So als hätte es niemals einen Krieg gegeben. Keine Besiegten und keine Sieger. Du stehst morgens auf, gehst auf dein Feld, schaust dir alles an, den Wald, den Tümpel, die Nachbarshäuser und denkst: 'Schön ist das. So wie immer. Nein halt, besser. Du hast sogar Bohnenkaffee!' Du weißt, daß alles jetzt denen gehört. Aber du siehst - ja wen siehst du? - niemanden, keine

Menschenseele und hoffst weiter: 'Guck, die wollen all das gar nicht. Ist doch noch Deins.'

Genauso, ja genauso einfältig, habe ich jeden Morgen gedacht, gehofft, jeden Morgen die ganzen sechs Wochen, bis wir nicht nur besiegt waren , sondern auch besetzt und verwaltet wurden. Erst als der zweite Trupp Soldaten auf unserem Hof eintraf, wurde mir klar, daß ich in Zukunft nicht mehr als eine Vogelscheuche auf meinem eigenen Acker sein würde.

Angst hatten wir auch vor dieser zweiten Ladung Soldaten, aber auf andere Weise.

Während sie beim ersten Mal breitbeinig im Türrahmen zugegen war, hatte sie sich jetzt beinahe gemütlich auf einen Stuhl gesetzt. Was sollte noch schlimmer werden? Und so war das einzige, was wir tun konnten, zu prassen und zu verschwenden, solange wir nur eben konnten: Zigaretten, Bohnenkaffee, Schokolade. Gut, einiges hatte man bereits zurückgelegt, die Glimmstängel vorwiegend. Denn so bitter und schlecht, so wenig nach Tabak ihr hauchdünner Rauchersatz roch, umso sicherer konnte man sein, hiermit ein gängiges Tauschmittel zu besitzen - auch wenn alles nach Belieben beschlagnahmt werden konnte.

16

Wenn ich´s mir recht überlege, kann ich mich gar nicht mehr entsinnen, wann sie gekommen sind. Es muß so etwa anderthalb Monate nach den ersten gewesen sein. Nur rauschten sie nicht über uns herein, sondern waren einfach irgendwann da: zehn Leute insgesamt.

Und ich kenne sie alle noch mit Namen. Habe jedes einzelne Gesicht vor Augen.

Aber an einen von ihnen erinnere ich mich besonders gut. Wie könnte ich ihn auch jemals vergessen. Zweiundzwanzig Jahre mag er alt gewesen sein. Sehr groß, sehr gebildet. Überhaupt nichts Militärisches an ihm. Hatte seine rotblonden Haare nur im Nacken gestutzt, so wie es die Vorschriften verlangten. Über den Wuchs nach vorne sagte die Militärfibel nichts aus, und so trug er sie dort lang. Um das Kinn hätte er einen Knoten machen können, wenn seine Haare beständig nach vorne gekämmt gelegen hätten. So aber bedeckten sie ohne Ziel und Richtung und schlaksig, gerade wie er selber war, seinen kantigen Kopf. Um seine Augen und seine Nase lugte eine unvergleichlich große Anzahl von Sommersprossen, die nun, Ende des Frühlings, noch praller in seinem Gesicht wucherten. Sein Alter war ihm nicht anzumerken. Der Krieg hatte seine Gedanken zu denen eines alten Mannes werden lassen. Er war zurückhaltend, äußerst höflich und zuvorkommend, mit einem Worte, ein wenig schüchtern.

`Weißes Bäuerchen´ nannte er mich mit seinem rollenden, liebenswürdigen Akzent und ich ihn `roter Soldat´ , was er gar nicht gerne, aber jedes Mal doch mit einem milden Lächeln auf den Lippen hörte.

Wir verstanden uns so gut miteinander, daß er mir und den anderen, soweit er dies konnte und durfte, beim täglichen Organisieren half. Manches Mal jedoch hatte er sich auch weit über die Brüstung seiner Vorschriften hinausgelehnt. Als er etwa mit unserer Nachbarstochter ins Dorf zur Mühle fuhr mit zwei Säcken Korn auf dem Wagen. Die Mühle hatte ihren Besitzer gewechselt, und der weigerte sich, für uns Pack die Mühlsteine rollen zu lassen. Das wäre ja noch schöner. Wir sollten zusehen, wo wir das Korn gemahlen bekämen, bei ihm keinesfalls - unter gar keinen Umständen.

Was machte der Bursche da? Er nahm sein Gewehr, lud durch, ging ganz langsam und bedächtig auf den Müller zu und fragte ihn, woher er denn die Unverschämtheit nähme, wissen zu wollen, für wen das Korn gemahlen würde. Wer hätte denn davon gesprochen, daß es für die Leute im Abbau sei.

Die Soldaten bräuchten Mehl, und wenn er sich nicht beeilen würde, sofort die Mühlsteine anzuwerfen, werde er seinem Kommandanten vorschlagen, die Mühle zu konfiszieren. Da ist der Mann um die Mühlsteine herumscharwenzelt, als wären sie eine junge Frau gewesen und hätte am liebsten noch seine Zähne zur Hilfe genommen, damit ja alles nur schneller gemahlen würde. Nachdem der Müller aber seine Arbeit getan hatte, zeigte der junge Bursche erst seine ganze Schlauheit. Er nahm nicht etwa beide Säcke mit, sondern ließ einen halben als Entlohnung da. Wie hätte der Müller nun noch einen seiner Kameraden oder gar den Offizier ansprechen sollen, wenn er dies denn überhaupt vorgehabt hätte?" hielt der Mann inne und schaute fest in die Augen des Katers.

Ganz sanft strich seine Hand über das Fell. Der hatte sich lange schon nicht mehr bewegt. Er lag, gespannt in sich zusammengerollt, neben den Beinen seines Freundes und wartete darauf, daß dieser wieder anhob. Ein kurzer Augenblick verstrich noch, ehe er fortfuhr.

"Viel lebhafter ist mir aber noch ein Abend in Erinnerung. Der Junge und ich saßen gemeinsam auf einem alten Baumstamm am Tümpel hinter unserem Haus, zwischen uns ein kleiner Block geschlagenen Holzes, der uns als Spieltisch diente. Ich hatte ihm irgendwann Siebzehn und Vier erklärt. Und seitdem droschen wir hier draußen, sofern es das Wetter zuließ, bestimmt jeden zweiten oder dritten Abend Karten um ein wenig Tabak. Auch diesen Abend hatten wir bereits sieben oder acht Runden gespielt und alles war so wie immer. Ich mischte, und er gewann zumeist. Wir unterhielten uns über den morgigen Tag, über mein Pferd, über die Bauern in seinem Land.

Es dauerte aber nicht lange, bis wir beide mehr und mehr verstummten. Wir spielten und rauchten nur noch, ohne dabei miteinander zu sprechen. Und je mehr ich in der Stille von seinem bitteren Tabak rauchte, desto stärker begann ich mich an das zu erinnern, was seine Kameraden mit uns gemacht hatten. Wie sie dort gestanden und ihre Zigarettchen geraucht hatten. Und ich begann mich zu fragen, weswegen ich hier mit einem von ihnen sitzen und Karten spielen konnte. Ernst schaute ich ihn an. Doch er schien nicht zu begreifen, lächelte, ohne zu wissen, was ich dachte.

Ich ließ die Karten liegen, mischte nicht noch einmal von neuem und schaute ihn an. Verwundert erwiderte er meine Blicke. Ein paar Augenblicke mag die für ihn wunderliche Szene angedauert haben. Dann brach es aus mir heraus, und ich begann zu reden, zu erzählen, welches Gemetzel sich hier abgespielt hatte, was seine Landsleute angerichtet hatten.

Ich erzählte und erzählte. Es mag über zwei Stunden gegangen sein. Noch ausführlicher und härter und roher, als ich es dir erzählt habe. Und je mehr ich redete, steigerte ich mich in die geheime Hoffnung, daß dieser Junge, der gar nichts mit alledem zu tun hatte, in seinem Innern so gerührt würde, daß er mich für das, was seine Kameraden angerichtet hatten, um Verzeihung bäte. Auch wenn er nichts wiedergutmachen konnte, kein einziges Gramm Blei aus den Körpern zurück in die Läufe jener Gewehre und Pistolen holen konnte, so wollte ich ihn trotzdem wie in einer naiven Phantasie vor mir mit dem Ausdruck eines winselnden Hundes um Verzeihung bitten sehen. Ich wollte das Gefühl eines Vaters spüren, dem es ein letztes Mal gelingt, seinem Sohn ehrfurchtsvollen Respekt abzuringen, bevor er endgültig seiner Hand entgleitet und zum Mann wird. Ach, ich weiß gar nicht, was ich alles in diesem Moment erwartete, es war so viel, so groß, so wirr.

Mal redete ich lauter, mal leiser. Ich gestikulierte wild und erlebte all das, was ich erzählte, an meinem Körper nach, um dann im nächsten Moment völlig teilnahmslos zu verharren.

Die ganze Zeit beobachtete ich mein Gegenüber. Und je länger ich dies tat, umso mehr mußte ich erkennen, daß ich nicht in die leicht zu beeindruckenden Augen eines Jungen schaute. Nein, seine halb zugekniffenen, stets wachen Augen, seine Hand, die ruhig den Bartflaum ums Kinn tastete, seine Atemluft, die hin und wieder die Nase verächtlich durchpreßte und dabei etwas vom Schnauben eines Pferdes hatte, all dies gehörte keinem Kind. Nicht ich war der Vater und er der Sohn, sondern unser Verhältnis schien umgekehrt zu sein. Ohne mich ein einziges Mal unterbrochen zu haben, hörte er mir bis zum Ende zu. Nicht ein Mal hatte er zu widersprechen angehoben und antwortete auch nicht sofort, sondern wartete einige überlegende Augenblicke.

Und wie ich schon von dem Moment an, in welchem er mit sich um Worte zu ringen begann, wußte, daß meine Geschichte ihr eigentliches Ziel verfehlt hatte, wurde mir auch klar, daß das, was nun folgen sollte, mir mehr zu verstehen half, als einen flennenden Jungen vor mir zu sehen.

Nur drei Worte benutzte er, denen vier beinahe schon abgedroschene in meiner Sprache entsprechen. Aber so, wie er sie sagte und verstanden wissen wollte, so hart sie waren, so melancholisch sie aber durch seine Stimmritzen schwangen, so genau wußte ich, daß sie keine Phrase oder ein Verzählchen, sondern sein Leben, er selbst waren.

'So ist der Krieg, mein Bäuerchen', hob er an, schaute mir in die Augen und wartete einen Augenblick, um fortzufahren. 'Es ist müßig, darüber zu streiten, ob man etwas ungeschehen machen kann. Du kannst es nicht. Ich kann es nicht. Kannst du mir etwa meine Schwester zurückgeben, die eure Soldaten vergewaltigt und ermordet haben? Genauso wenig kann ich euren Nachbarn wieder zum Leben erwecken, den unsere scheinbar aus reiner Lust am Töten allein erschossen haben. Beinahe hätte ich auch in vorderster Front gestanden, um jeden einzelnen Mann und jede einzelne Frau zu rächen, die eure Säuberungskommandos wie Ungeziefer getötet haben, als sie über unser Dorf hereingebrochen sind. Ich sehe sie noch vor mir, den Offizier und zwei Soldaten mit Flammenwerfern. Wie er dort vorn am Brunnen in der Mitte des Dorfes steht, sich eine Zigarette anzündet, die Häuser abzählt und bei jedem dritten den Soldaten befiehlt:

`Abfackeln!´

Mein Onkel und mein bester Freund stellen sich den Soldaten in den Weg als das nächste dritte Haus das

Krankenhaus ist. Nicht eine Sekunde hält der Offizier inne, als er die beiden davorstehen sieht, sondern schreit nur:

`Abfackeln!´

Die Soldaten schleudern die Flammen aus ihren Werfern auf die beiden Gestalten zu und lassen sie bei lebendigem Leib verbrennen.

Aber hätte es mir meinen Onkel und meinen besten Freund zurückgebracht, wenn ich auch ganz vorne gestanden hätte, die Häuser abgezählt und in jedes zweite eine Handgranate geschmissen hätte? Eigentlich kann ich die verstehen, die auf eure Dörfer und eure Städte gestoßen sind und von denen jeder einzelne mehr Haß in seiner Brust trägt, als dies überhaupt vorstellbar ist.

Aber hatten sie das Recht, sich so zu verhalten, wie eure Leute das getan haben? Du, Bäuerchen, bist ein Mensch, ich bin ein Mensch. Du rauchst meinen Tabak, ich rauche deinen. Du würdest mich nicht erschießen und ich dich nicht. Die Menschen wollen keinen Krieg, nur ihre Gedanken wollen ihn. Eure Obersten haben euch eingetrichtert, es gäbe so etwas wie kollektive Notwehr. Wir wären eure Bedrohung. Aber jeder von uns hat die nächste Ernte weit mehr interessiert, als wir uns Gedanken um euch gemacht haben. Und euch ging es umgekehrt wahrscheinlich ähnlich.

Es sind immer nur wenige, die es verstehen, die Masse für ihre Zwecke zu mißbrauchen. Sie appellieren an Nationalgefühl, beschwören einen Feind herauf, und schon befindet sich das ganze Volk in einem Rausch, aus dem es kein Entrinnen gibt. Die Masse eifert dann wie im Fieberwahn oder wie ein delirender Alkoholiker. Sie will niemanden schlagen oder verletzen und sieht sich am Ende doch einem Haufen eingedrückter Schädelkalotten gegenüber. Sie selber ist Täter und Opfer zugleich. Aber das, was sie hinter sich gelassen hat, ist zu groß, zu gewaltig, zu schrecklich, frißt den Opferteil vollends und läßt nur noch den Täter zurück.

Nicht unsere Hände töten, sondern unsere Gedanken. Je mehr Haß ihr in unseren Köpfen gesät habt, desto härter trifft euch jetzt dieser Haß. Und je mehr Haß wir wiederum säen, desto stärker wird er auf uns zurückfallen.

Darum habe ich beschlossen, keine Saat mehr auszubringen.

Ich sitze lieber hier mit dir Bäuerchen und rauche in der Hoffnung, daß irgendwann eines Tages mein Sohn nicht mehr auf deinen Enkel eintritt, und dessen Ziel nicht mehr der Kopf meines Jungen im Fadenkreuz seines Zielfernrohres ist', sagte er ruhig, schnippte den Stummel seiner Zigarette in den Tümpel und warb mit seinen warmen, aber festen Augen bei mir um Verständnis und Einsicht.

Mir fehlten die Worte, ihm hierauf etwas zu entgegnen. Ich begann vor mich hinzuflennen. Er rückte näher zu mir und legte mir zum Trost seine Hand auf die Schulter. Die halbe Nacht noch mußten wir so dagesessen sein, sprachen

128

kein Wort miteinander, wußten aber genau, was der andere dachte.

Der Sommer verging mit rasender Geschwindigkeit und an dessen Ende hatte der Trupp Soldaten seine Aufgabe erledigt, die darin bestand, eine Verwaltung aufzubauen und den Flugplatz zu demontieren. An irgendeinem Tag im September sah ich den Jungen zum letzten Mal, er winkte, lächelte und verschwand hinter dem Lehmweg zum Dorf. Ohne große Worte, ohne große Gesten. Das einzige, was er mir noch zurief, war: 'Bäuerchen, denk an deine Enkel!'

17

Anstatt der Soldaten bekamen wir nun Zivilisten in unsere Häuser. Jeder mußte eine Familie aufnehmen. Die Leute, die kamen, sprachen weder unsere Sprache noch die der Soldaten. Niemand hatte sie gefragt, ob sie hier hatten hinwollen. Umsiedeln nannte man den Vorgang, der ihnen widerfahren war. Ganz woanders kamen sie her und kannten den Ort, in den man sie verfrachtet hatte, nicht einmal dem Namen nach. Aber wie sollten sie auch. Ihre Heimat lag über tausend Kilometer weiter östlich. Dort waren sie aufgewachsen, hatten geheiratet, auf kleinen Bauernhöfen ihre Kinder zur Welt gebracht und erzogen. Alles friedlich und ohne jegliches Interesse für die großen Zusammenhänge.

Dann aber war jener Tag gekommen, an dem im Namen meines Landes der Welt ein neuer Stempel aufgedrückt werden sollte. Und das friedliche Land im Osten wurde auserkoren, zum blutgetränkten Stempelkissen dieses Wahns zu werden. Viele Länder sind überfallen, aber kein einziges so zugerichtet und mißbraucht worden wie dieses. Und als wäre das alles noch nicht genug, behielten die vermeintlichen Befreier am Ende des Krieges die Hälfte des Landes für sich ein. Den Menschen, die dort schon über Generationen gewohnt hatten, nahm man die Höfe, einige verschleppte man zur Zwangsarbeit, dem Rest befahl man, schleunigst die Wagen zu packen: Für sie sei hier kein Platz mehr. Dort irgendwo im Westen, wo der Feind geschlagen worden sei, in Orten wie unseren sei ab sofort ihr Platz. Sie wurden fortgejagt, als hätten sie irgendein Unrecht begangen. Wie eine riesige, unnütze Viehherde trieb man sie nach Westen.

Aber nicht allen war das Glück beschieden, bis hierher zu kommen. Viele waren unterwegs an Hunger und Auszehrung gestorben, einige Alte, weil man ihnen den Boden unter den Füßen weggezogen hatte und ihr Leben sich als ein dicker, fester Strick erwies, der ihnen die Kehlen zugeschnürt hatte. Was ihnen genau passiert war, kann ich nicht sagen, dafür verstand ich sie zu wenig. Die einzige von uns, die sich mit ihnen unterhalten konnte, war das kleine Mädchen. Und somit wurde sie für uns zur wichtigsten Hilfe.

Waren diese Leute in den ersten Wochen noch so etwas wie unsere Gäste, wandelte sich mit der Zeit das Verhältnis zu ihnen. Man hatte ihnen schließlich unser Land versprochen. Doch was nutzte dieses Versprechen, wenn wir uns auch noch dort befanden. So stellte sich schon sehr früh heraus, daß auf Dauer hier nur Platz für eine Partei sein würde. Und daß wir diese eine nicht waren, dafür hatten sechs Jahre Zerstörung und Barbarei Sorge getragen. Der Anstreicher und der Klumpfuß hatten sich ganz einfach das Leben genommen und die Folgen auf uns abgewälzt.

Der ganze Winter war von Ungewißheit geprägt. Ab und zu hörten wir von Übergriffen der Soldaten und der Neuen. Irgendwo, zum Glück nicht bei uns. Doch auch hier wurde das Leben zunehmend unerträglicher. Waren wir zu Anfang noch Gastgeber und die Neuen unsere Gäste, so mußten wir schließlich nach Getreide und Kartoffeln fragen, die wir noch selber im Herbst geerntet hatten. Man hatte uns zu Fremden, zu Bittstellern auf den eigenen Höfen gemacht.

Wohin aber sollte unser Weg führen? Bleiben konnten wir nicht und gehen durften wir nicht - noch nicht. Dieses `noch nicht` jedoch war nur eine Frage der Zeit. Nur wenige Wochen verblieben, dann aber, eines Morgens, kam für uns der Befehl, den Abbau zu verlassen. Wir sollten unsere Sachen packen und verschwinden, sofort. Wenn wir keine Mätzchen machten, dann würde uns auch nichts passieren. Wohin es denn ginge? In die Kreisstadt! Und von da aus? - Achselzucken.

Was wir denn mitnehmen dürften? Grinsend die Antwort: 'Alles, was ihr wollt. Nur eine Bedingung: in drei Stunden seid ihr hier weg!'

Ein nervöses Treiben setzte ein. Wie in einem Ameisenhaufen ging es zu, in den ein kleiner Junge mit seinem Stöckchen hineingestochen hatte, um die Tierchen in hektischer Betriebsamkeit umherlaufen zu sehen. Jeder raffte das zusammen, was er für wichtig und wertvoll hielt, was unter gar keinen Umständen hier zurückbleiben durfte. Handwagen wurden fertiggemacht, denn die Pferde wollten die neuen Bewohner verständlicherweise behalten.

Und auf diese Wägelchen wurde das ganze Leben gepackt. Für die einen war es das Geschirr. Andere wollten ihre Sofacouch mit den Stahlfedern, die sie trotz aller Rationierungen und Entbehrungen irgendwo erstanden hatten, mitnehmen; wiederum andere mußten ihre Eltern, die nicht mehr so gut zu Fuß waren, auf den Wagen setzen und hatten keinen Platz mehr für sonstiges.

Mir stand nicht der Sinn danach, Wertgegenstände mitzunehmen - außer dem was man sich in die Taschen stecken konnte - und meine Eltern waren während des Krieges verstorben. Nein, ich persönlich war auf Erinnerungen aus. Nur daß manche Erinnerungen die Eigenschaft haben, äußerst schwer zu sein. Ich wollte kein Aussteuerporzellan, ich wollte keine Garderobe, die ich ohnehin nie hatte, ich wollte nicht unseren Volksempfänger und auch nicht unsere Küchenstühle retten, nein das alles nicht! Das erste, was mir einfiel, war, so komisch dies anmuten mag, eine schon etwas ältliche, landwirtschaftliche Maschine. Du fragst dich, ob ich noch normal gewesen bin, und ich sage dir ganz frank und frei, offensichtlich nicht. Aber in diesem Moment konnte ich einfach nicht von dem Maschinchen lassen. Immerhin hatte ich es in monatelanger Tüftelarbeit mit dem Mann zusammen hergestellt, der am Weg zum Nachbardorf wohnte - ja genau mit dem, der noch hatte flüchten wollen. Mir war die Idee gekommen, und er hatte das praktische Händchen. Schon von jeher hatte es mich beim Rübensäen gestört, mit der Saatmaschine zu arbeiten, die alle hatten.

Das war eine herkömmliche Drillschar, die so ähnlich wie eine kleine Schubkarre aussah, oben anstatt der Mulde eine Aufsatz für die Samen hatte, der wiederum in einen kleinen Pflug mündete. Mit diesem Gerät wurde im Gehen eine kleine Furche geritzt, in die dann aus dem Bottichaufsatz die Samen fielen. Zwei ihrer Eigenschaften aber hatten nun immer schon mein Mißfallen erregt. Erstens mußte man den ganzen Rübenacker noch einmal entlang gehen, und die Furchen wieder zumachen und zweitens lagen in dieser Furche Samen an Samen. Und ich frage dich, welche Rübe wächst schon gern, wenn daneben noch eine andere ist? Mein Ziel war es also, zwischen 10 bis 15 Samen immer ein Stückchen Platz zu schaffen und zu vermeiden, daß ich einen Weg doppelt gehe. Denn du weißt selber, mein Guter, daß ich das noch nie gerne getan habe.

Und so entstand schließlich aus drei Geräten ein einziges: meine Rübensämaschine. Über ein halbes Jahr bestimmt war ich ganze Nachmittage und Abende im Stall und habe mit meinem Nachbarn an ihr herumgedoktert. Hier gefeilt, da ein Schräubchen zurechtgerückt, eine Eisenplatte herausgenommen, eine andere angeglüht. Und dann endlich war sie fertig. Korrekterweise hätte sie Drillschar mit nachgelagerter Walze und modifiziertem Rapsschubrad heißen müssen. Aber wen interessierte das schon. Es war meine Maschine, und die machte Furchen wieder dicht und streute nur einzelne Samen. Dieses Gerät jedenfalls, das weit über einen Zentner wog, wollte ich auf unseren Wagen stellen und wohin auch immer mitnehmen.

'Und was willst du damit noch anfangen?' fragte mich meine Frau.

'Äh, ja ... äh, Rüben säen!'

'Und wo?'

'Äh, ja ...?' genau wo eigentlich? Wo zum Teufel sollte ich mit diesem Gerät jemals noch etwas anfangen?

Ich nahm es wieder vom Wagen und stellte es zurück in die Scheune und nahm auch gleich den Wagen und stellte ihn daneben. Denn was sollten wir mit Porzellan oder Volksempfänger? Wären das nicht ohnehin nur noch Bruch und Scherben, bis wir dort ankommen sein würden, wohin auch immer man uns zu schicken gedachte?

Und so hatten wir am Ende im Gegensatz zu fast allen anderen nur vier Rucksäcke, jeder von uns zwei Stofftaschen und so viele Kleider am Leib, wie wir nur eben tragen konnten. Die einzige, die ebenfalls wie ein dickes Mütterchen aussah mit ihren vier Röcken übereinander, war unsere Nachbarstochter. Sie und ihre Mutter hatten ebenfalls nur das mitgenommen, was sie in Ihren Händen und auf dem Rücken tragen konnten. Ansonsten blieb alles zurück. Die Wagen der anderen waren bepackt, als hätten sie zur Hochzeit ihrer einzigen Tochter gehen wollen - hinter sich die Mitgift. Mancher Wagen war so voll beladen, daß man sich fragen mußte, wie sich das Gefährt überhaupt fortbewegen sollte.

Bevor wir endgültig den sandigen Lehmpfad ein letztes Mal in Richtung Dorf gehen sollten, machte ich noch einmal eine Runde und berührte ein letztes Mal alles, was mir unter die Finger kam. Ich ging in den Stall, in dem einst mein halbes Vollblut, mein Napoleon, gestanden hatte. In die Küche ging ich und sah den Wahlspruch auf den Fliesen, den wir einst dort hingesetzt hatten und der mir unter diesen Umständen wie purer Hohn erschien. Ohne Fleiß kein Preis stand dort in Emailleblau. Beinahe so, als hätten wir dies alles als Hauptgewinn der großen Tombola gezogen. Wie aus alter Gewohnheit kontrollierte ich noch einmal den Dränagegraben hinter dem Haus, der in den Tümpel mündete. Ich füllte den Schweinetrog auf, streute den Hühnern Körner vor ihre gierigen Füße. Und während ich den zwei Kühen ein wenig Heu zum Fressen gab, machte ich mir Gedanken darum, wofür ich bloß die Tiere all die Jahre gefüttert und den Kartoffelacker bestellt hatte.

'Acht Taschen und vier Rucksäcke', dachte ich, 'das ist also alles, was übriggeblieben ist. Dafür hast du nun mehr als drei Jahrzehnte geschuftet. Zehn Jahre für die Unterwäsche, zehn Jahre für die Hosen und Hemden und zehn Jahre für das getrocknete Brot in den Rucksäcken.'

Verbittert schnallte ich mir den Rucksack um, nahm die zwei größten Taschen und verließ zusammen mit all den anderen unseren Abbau. Vor mir hüpfte meine kleine Tochter scheinbar unbekümmert von einer Seite des nassen Lehmpfades zur anderen. Ihr Rücken trug den kleinsten Rucksack, in den ich sie außer den getrockneten Broten hatte hineinpacken lassen, was sie mitnehmen wollte.

'Ob sie überhaupt begreift, was hier vor sich geht?', fragte ich mich. 'Hoffentlich nicht. - Und wenn doch?' überkamen mich Zweifel. 'Was ist, wenn sie fragt, wo es hingeht?', spürte ich meine eigene Angst vor der Unwissenheit. Denn was wußten wir schon. Im Grunde doch gar nichts. Wen interessierte es denn, wer wir alle waren? Wen kümmerte es, was wir dachten oder welche Ängste wir hatten? Heute Abend am Bahnhof in der Kreisstadt würden wir nichts weiter sein als ein namenloser Haufen von vielleicht einem halben Tausend Gestalten, der nichts als lästiges Frachtgut darstellte, das von dort - was weiß ich - wohin gebracht werden mußte. Nach Westen, hatte man uns gesagt, würde es gehen. Wer aber konnte sich schon darauf verlassen, daß der Zugführer in diesen Zeiten die Richtung kannte?

Das einzige, was mit unumstößlicher Sicherheit feststand, war, daß wir störten, lästig waren und weg mußten.

'Guckt euch die anderen an. Haben Mühe nachzukommen', rief unsere Nachbarstochter. 'Warum müssen die auch alles mitnehmen? Ist denen nicht klar, daß wir über fünfundzwanzig Kilometer gehen müssen? Das schaffen die doch nie. Sollen den ganzen Mist einfach wegschmeißen. Wieso habt ihr eigentlich so viele Taschen?', fragte sie mich auf einmal. 'Meint ihr etwa, daß ihr das alles durchbringt. Da wird doch eher der Hahn zur Henne!'

'Solange auf uns keiner warten muß, können dir unsere Taschen doch gestohlen bleiben. Ich verlange ja nicht, daß du sie trägst', antwortete ich schroff.

'Kannst du denn nicht auf die Packesel einreden? Auf dich hören sie doch!'

'Das muß jeder für sich selber entscheiden. Ich misch` mich da nicht ein.'

'Aber was ist, wenn wir bis heute Abend nicht in der Kreisstadt sind?'

'Ich weiß es nicht!' antwortete ich und bekam Angst. Unter keinen Umständen durften wir zu spät in der Kreisstadt sein. Wir konnten einfach nicht warten, bis die anderen mit ihrem Hausrat aufgeschlossen hatten. Dafür reichte die Zeit nicht. So entschied ich mich, anstatt mit den anderen lange Diskussionen über den Sinn und Unsinn ihrer

Wägelchen und Kastenkoffer zu beginnen, schlicht mein Tempo zu erhöhen. Und so entledigten sich unsere Nachbarn dann auch ohne große Worte der ersten Koffer, um nur nicht den Anschluß zu verlieren. Auf dem Weg in die Kreisstadt gesellten sich immer mehr Menschen aus den umliegenden Gehöften dazu. Größenteils alleinstehende Frauen, ältere Menschen und Kinder.

Einige traten dem Treck genauso wie wir nur mit dem Allernotwendigsten, andere mit Bergen von dem, was sie für wertvoll hielten. Alle waren so dick eingepackt, daß man die Jahreszeit nicht für den beginnenden Sommer, sondern für die kommende Eiszeit halten konnte. Und da auch die Kastanien am Straßenrand keinen Schutz vor der Mittagssonne geben konnten, und die Plackerei mit den Sachen zusehends beschwerlicher wurde, hatten sich viele schon nach einer Stunde von einem gut Teil ihrer Habseligkeiten getrennt. Jeder versuchte Anschluß zu halten. Und dieser Anschluß war wichtiger als gewichtige Erinnerungen, die zuerst im Straßengraben landeten.

Hin und wieder reichte der eine dem anderen Wasser und Brot. Zeit zu verschnaufen gab es nicht, es wurde im Gehen gegesssen und getrunken. Als erste begannen die Kinder unruhig zu werden. Zwei, drei Stunden später, kurz bevor wir das Dörfchen an der Bahnlinie erreichten. Einige quengelten, weil sie zu großzügig mit ihrem Wasser umgegangen waren, andere setzten sich auf alte Baumstümpfe, um ein wenig zu verschnaufen, fielen dadurch zurück und mußten umso schneller gehen, um wieder aufzuholen. Einige konnten nicht länger den Packesel ihrer Eltern spielen und schmissen eine Tasche nach der anderen in die Büsche.

Wenn man nicht die ganzen Sachen dabei gehabt hätte, man hätte sich über den schönen Tag und das warme Wetter gefreut. So aber schwitzten sich nur alle das Wasser aus den Poren und konnten es gar nicht schnell genug mit Trinken wieder auffüllen.

'Papa', fragte mich meine kleine Tochter, 'wenn ich nicht mehr kann, was soll ich dann zuerst wegschmeißen?'

'Das ist egal. Nur nicht das Brot in deinem Rucksack. Kleider, Schuhe und Puppen sind nicht so wichtig. Nur nicht das getrocknete Brot. Wirf´ das bloß nicht weg!'

'Aber mein rosa Sonntagskleidchen. Das kann ich doch nicht einfach wegschmeißen.'

'Wenn du das überhaupt noch einmal anziehen kannst! Vielleicht erleben wir den nächsten Sonntag überhaupt nicht mehr!' dachte ich, ohne durch meinen Gesichtsausdruck die Kleine meine Befürchtungen ahnen zu lassen.

'Das ist egal. Hauptsache du behältst deine Brote. Verstanden?'

Der Zug hatte sich in der Zwischenzeit auf gut 100 Menschen erweitert, samt einiger Hunde und Katzen. Und dies, obwohl ihre Herrchen und Frauchen genau wußten, daß sie spätestens am Bahnsteig zurückbleiben mußten. Die Leute unterhielten sich über Alltägliches. Keiner wollte die Frage stellen, ob die anderen denn nun genaueres wüßten.

Ob die Kartoffelernte dieses Jahr wohl gut werden würde, fragte eine Bäuerin die andere. Schließlich sei das Wetter ausgezeichnet gewesen. Und dies alles, ohne sich darüber im klaren zu sein, daß selbst, wenn wir dies alles überständen, vielleicht niemals mehr ernten würden. Aber was für ein Glück war es, daß niemand über das nachdachte, was in ein, zwei Monaten oder gar einem Jahr sein würde. Hätte man darauf Gedanken verschwendet, ich glaube, wir alle wären durchgedreht.

Die meisten, die hier mitzogen, hatten niemals in ihrem Leben die Provinzhauptstadt, geschweige denn die große Hauptstadt gesehen. Für sie war alles, was man brauchte, hier. Wem war schon bewußt, daß dies nicht ein Auf Wiedersehen, sondern ein Abschied für immer war?

Nach fünf Stunden hatten nur noch wenige bei sich, was sie von zu Hause mit auf den Weg genommen hatten. Etliche Wagen waren zusammengekracht. Andere wurden einfach stehengelassen.

Das einzige, was mit der Zeit zunahm, war diese Brustenge, die mittlerweile außer einigen Kindern jeder verspürte. Dieses Gefühl nicht mehr zurück zu können und die Angst vor dem, was vor uns lag. Einigen Alten war die Kraftlosigkeit förmlich an der Nasenspitze abzulesen. Doch niemand von ihnen begann zu murren, sondern versuchte auszuhalten und zu schleppen, solange es nur eben möglich war. Hatte man am Anfang noch Erinnerungen über Bord geworfen, so trennte man sich nun mehr und mehr von echten Wertgegenständen. Bei einigen waren es die ersten, bei anderen bereits die letzten. Ich hatte meine beiden Taschen längst schon einem Busch überantwortet und die meiner Frau an mich genommen. Meine ältere Tochter wollte um keinen Preis ihre Taschen wegwerfen, während meine Kleine die ihren lange schon nicht mehr hatte.

Die mit der Puppe hatte sie vorsichtig an einen Baum gestellt und sich leise weinend von ihr verabschiedet.

'Ich komme dich wiederholen', sagte sie zu ihr. 'Ich verspreche es dir. Hier, ich decke dich noch ein wenig zu, damit du in der Nacht nicht so frierst.'

Ein letztes Mal hatte sie sanft die Wange der Puppe gestreichelt, um dann schnell wieder aufzuschließen. Die Tasche mit dem Sonntagskleidchen war in einem Tümpel gelandet. Einige jüngere Frauen hatten nicht die eingelaufenen Schuhe angezogen, sondern wollten unbedingt das bessere Paar retten und hatten jetzt nur Blasen und keines mehr. Eine ältere Frau war hingefallen und hatte sich den Fuß verstaucht. Flugs hatte eine Familie ihre Koffer vom Wagen geschmissen und die Alte hineinverfrachtet. Man half sich untereinander mit Wasser und Brot aus.

Der neue Besitzer unserer letzten Tasche war eine Fichtenschonung geworden, irgendwo an der Kreuzung zur Kreisstadt. Als ich sah, daß meine Kleine Schwierigkeiten hatte zu folgen, nahm ich ihren Rucksack und schmiß alles, was nicht eßbar war, in die Böschung.

Unsere Nachbarstochter, die sich um das Flüchtlingskind kümmerte, hatte auf einmal an der anderen Hand noch ein kleines Mädchen. Ganz vertrauensselig war es zu ihr gekommen. Sie machte sich schon Gedanken darum, zu wem es gehören mochte, ehe der Großvater der Kleinen ganz aufgeregt angelaufen kam.

'Meine Kleine, da bist du ja! Mein Gott, was habe ich mir Sorgen um dich gemacht!', seufzte er und wandte sich der jungen Frau zu. 'Danke, daß Sie auf sie aufgepaßt haben', sagte er mit dankbarer, warmer, immer noch ein wenig vor Aufregung zitternder Stimme. 'Wissen Sie, ihre Eltern sind bei einem Bombenangriff in der Hauptstadt ums Leben gekommen. Mein Schwiegersohn war gerade auf Fronturlaub. Ich bin der einzige, den sie noch hat. Lauf nicht noch ´mal weg, hörst du. Ich mach´ mir doch Sorgen!' ermahnte er seine Enkeltochter und ließ sich mit ihr an der Hand zurückfallen.

Die Stadtgrenze war bereits zu sehen und mit ihr eine Traube haßerfüllter Menschen, die uns mit einer Mischung aus Zorn, Wut und Erleichterung aus unserer Heimat schreien wollte.

'Ihr Scheiß   ***   , euch will hier niemand mehr, ihr Hurenböcke! Haut bloß ab. Laßt euch hier ja nicht mehr sehen. Wir haben genug von euch!' schallten uns die Haßtiraden entgegen. Aber niemand von uns nahm sie wahr. Zu geschafft und ausgelaugt waren wir alle. Nur noch zum Bahnhof war unser Gedanke, nur noch zum Bahnhof - da sehen wir weiter. Meine Frau begann zu weinen, als wir die Allee zum Bahnhof hinuntergingen. Am Portal angekommen, war sie vollkommen aufgelöst. Ihre Nerven spielten nicht mehr das Spiel, das sie sollten, sondern ihr eigenes. Ich hörte nur noch ein flaches Gestöhn und weinerliches Schluchzen.

'Warum das alles? Warum nur?', fragte sie, wobei ich sie in den Arm nahm, um sie zu beruhigen. 'Was haben wir denn nur getan?'

'Ich weiß es nicht', antwortete ich ihr. 'Beim besten Willen, ich weiß es nicht. Wahrscheinlich gar nichts. Zu lange gar nichts. Und die, die nichts tun, trifft es dann am härtesten!'

Außer unserem Troß kamen noch viele andere die von Kastanien gesäumte Straße zum Bahnhof hinunter. Menschen aus der Kreisstadt selber und aus umliegenden Dörfern. Die Geschäfte, die einst links und rechts der Straße ihre Auslagen gehabt hatten, waren verbarrikadiert. Holzplanken schmückten die Fenster. Die alte Litfaßsäule an der großen Eiche vor dem Bahnhofsgebäude hatte überall Einfurchungen wie ein alter Sack und lud noch zu Parteiabenden ein. Das Gymnasium war zur Kaserne geworden und die Bürgermeisterei zur Kommandantur. Das Wirtshaus am Marktplatz war ein Bordell. Aus der evangelischen Kirche war ein katholisches Gotteshaus geworden. Unser Auszug war überall gegenwärtig.

Am Bahnhof wurden wir bereits erwartet. Die Miliz stand dort in ihren graugrünen Uniformen, zwei große Hunde fest an der Leine.

'Kontrolle!' rief einer, lachte und haute sich dabei immer wieder genüßlich mit seiner Knute in die Hand. 'In Reihen aufstellen! Wir Gepäck untersuchen!'

'Ja, ja', dachte ich mir. 'Wieso auch nicht. Die Miliz hilft immer. Ist doch freundlich von den jungen Männern, uns ein wenig Gepäck abzunehmen. Müssen wir nicht mehr so viel schleppen!' fielen meine Blicke mitleidig auf die Wagen, die es bis hierher geschafft hatten. Für sie war dieser Bahnhof Endstation. Aus unseren Rucksäcken konnten sie nicht mehr viel rausholen. War ohnehin nichts mehr Lohnenswertes enthalten. War kaum der Mühe wert, überhaupt gefilzt zu werden. Die anderen hingegen, die sich mit ihren Schrankkoffern gehörig abgemüht hatten, zitterten um ihre Habe und ärgerten sich der Mühe, die es gekostet hatte, das ganze Zeugs hierher zu schaffen. So ließen wir die Prozedur über uns ergehen, und ich mich überraschen, für was die Ordnungsmacht alles Verwendung finden wollte. Salzstreuer, Tassen ohne Henkel, alte Küchenstühle, klumpige Federbetten, mit einem Wort alles, was sie nur eben raffen konnten, nahmen sie an sich.

Nach alledem setzten wir uns auf den Treppen oder dem Vorplatz zueinander und tauschten uns aus. Die Kinder spielten oder schliefen in den Armen ihrer Eltern.

'Heute Abend noch kommt der Zug, der uns alle in die Provinzhauptstadt nach Westen bringt. Hat mein Schwager gesagt. Der kennt da ein paar Heizer bei der Bahn', meinte eine ältere Frau neben uns.

'So ist das. Da bin ich aber beruhigt!' faßte eine andere sich vor Erleichterung an ihre Brust.

'Ja, ja, meine Liebe, glauben Sie mir. Ich bin ganz sicher!'

'Woher kommen Sie?'

'Aus einem Dorf fünf Kilometer westlich. Ja, man hat uns übel mitgespielt. Aber jetzt wird alles gut. Glauben Sie's mir. Das hat mein Schwager gesagt. Und der muß es wissen. Ist doch schließlich Heizer bei der Bahn!'

'Ja, ja', mischte sich ein alter Bauer ein, 'das habe ich auch gehört. Das haben mir die Soldaten erzählt!'

'Hören Sie die?' fragte mich ein Mann mit Nickelbrille und einem aufgetragenen, alten, braunen Anzug. 'Vertrauen Sie dem, was Ihnen die Soldaten sagen?', machte er eine Pause und beantwortete seine Frage gleich selber. 'Ich nicht! Und ich weiß es besser', sagte er und rückte seine Nickelbrille zurecht.

'Was wissen sie besser?' fragte ich neugierig und ängstlich zugleich.

'Ich weiß, was sich wirklich abspielt!' druckste er herum.

'Nun sagen Sie doch schon!' insistierte ich sichtlich nervös.

'Wissen Sie', sagte er und rieb sich seine faltigen, schmalen, von Sommersprossen überzogenen Hände, 'ich bin Verwaltungsbeamter. Und nachdem der Feind gekommen ist', sprach er und zögerte einen Augenblick, 'tja, da haben sie mich gebraucht.'

'Wo gebraucht?'

'In der Verwaltung natürlich. Zwar nur noch als Schreibkraft, aber immerhin - bis vorgestern. Und ich weiß es besser!'

'Nun sagen Sie doch endlich, was Sie wissen!'

Ich wurde ganz unruhig und zittrig.

'Die sagen doch nur zu unserer Beruhigung, daß der Transport in den Westen geht. Wollen nicht, daß wir aufmucken! Glauben Sie denen nicht! Der Transport geht nicht in den Westen, ganz sicherlich nicht. Ich weiß es genau', sprach er auf einmal ganz leise, und seine Stimme begann kloßig zu werden. 'Die führen diesen ganzen Hokuspokus mit Kontrolle und Ordnung und jeder in der Reihe doch nur durch, damit wir ruhig bleiben. Die haben gar nicht vor, uns in den Westen zu schicken. Ich weiß es genau: Der Transport geht nach OSTEN!'

Eine kurze Pause. Einen Moment vielleicht nur.

'Wie in den ... Osten?' stammelte ich.

'Ja, in den Eisschrank. Jeder fünfte Transport geht zum Bäumefällen. Zur Zwangsarbeit. Ich weiß es ganz genau. Und gestern ist der vierte Transport von der Nachbarstadt gen Westen gerauscht. Meinen Sie etwa irgendwen interessiert, was aus uns wird?' sagte er und schaute mich so ruhig und gefaßt an, als würde ihn das alles nichts angehen.

'Aber das können die doch nicht machen!' flüsterte eine alte Frau gegenüber, die ihren müden Körper an die alte, große Eiche mitten auf dem Bahnhofsvorplatz gelehnt hatte und ihre verhärmten Fingerchen vor Angst in der Rinde vergraben wollte.

'Ja, was meinen Sie denn! Haben die Schweine doch selber erlebt, zu was die alles fähig sind!' machte er den Eindruck, als würde es ihn befriedigen, einen nach dem anderen aufzuklären. 'Es geht nach Osten. Lassen Sie sich´s gesagt sein von einem, der es wissen muß!' setzte er hinzu.

Es dauerte keine zwei Minuten und da wußten es alle. Alle, die sich hier draußen vor dem Bahnhofsgebäude niedergelassen hatten. Ein hektisches Treiben setzte ein, nervöse Unruhe und Spannung.

So, als wollte man das Schlechte geradezu heraufbeschwören, tuschelten alle untereinander. Die Erlebnisse wurde als unumstößlicher Beweis für das, was kommen sollte, herangezogen.

'Ja meinen Sie etwa, wo die doch ...!'

'Wir haben den Krieg verloren. Wir müssen dafür zahlen!'

'Die werden uns bis aufs Blut schuften lassen. Und wenn wir dann nicht mehr können...'

'Für die ist der einzig Gute von uns jemand, der nicht mehr ...'

'Die haben meinen Hof abgebrannt. Und ich sage euch, das war erst der Anfang!'

So eingeschüchtert, so verängstigt war ich, daß ich gar nicht mehr bemerkte, was um mich herum vonstatten ging. Nur noch als Silhouette sah ich den Verwaltungsbeamten neben mir aufstehen. Vollkommen ruhig und ohne jedes Anzeichen von Angst setzte er sich langsam von dem Haufen der Flüsternden und Zitternden ab, lehnte sich in aller Ruhe und mit aller Genüßlichkeit gegen einen der Holzpfeiler am Portal und zündete sich eine - was weiß ich, woher er die hatte - Zigarette an.

Ansonsten war alles schwarz um mich, totale Finsternis und äußere Stille. Im Innern jedoch Getöse und Lärm, heiße und kalte Bilder vor meinen Augen.

Frost. Enge. Not. Verzweiflung ohne Ausweg. Drangsalierungen, abgeschlagene Bäume. Erfrorene Finger. Quälende und Gequälte.

Düsternis und Furcht. Hoffnungslosigkeit, Hunger und Strafe. Szenen eines Martyriums, bei dem am Ende nur namenlose, ausgemergelte Körperhüllen zurückbleiben.

Und was sollte aus meiner Frau und meinen Töchtern werden?

Ja, meine kleine Tochter, meine Tochter. Ja, wo war sie denn, wo war sie denn bloß?" zitterte der Deichwart am ganzen Körper, so als würde er all das nacherleben, was in jenen vergessen geglaubten Momenten an diesem unbedeutenden, kleinen Bahnhof, vorgegangen war.

Die Augen fest zugekniffen, die Fingerspitzen vor Angst in den weichen Deichboden eingegraben, saß er da und begann zu fantasieren, begann all die Eindrücke und Bilder zu kommentieren, die sein Gedächtnis für ihn all die Zeit über bereitgehalten hatte und die es ihm nun, wie in einem schrecklichen Alp präsentierte.

"Wo war meine Tochter? Ich konnte sie nicht sehen, ich konnte sie nicht finden.

Überallhin blickte ich. Doch nirgends. Nirgendwo.

Was sollte das? Sollte das ein Spiel sein, wollte man mich necken? Ja sagt es doch, wenn ihr mich necken wollt, so sagt es mir doch!

Nein, nicht wieder raus. Es sind doch 30 Grad Frost. Ich kann keinen Baum mehr fällen. Laßt mich in Ruhe - bitte. Ich brauche etwas zu essen, eine kleine Suppe nur. Eine Pause. Laßt mich doch bitte eine Pause machen. Ich kann nicht mehr.

Wo ist meine Tochter, was habt ihr mit meiner Tochter gemacht? Gebt mir meine Tochter wieder. Was wollt ihr mir denn noch alles nehmen? Habe ich nicht schon zur Genüge bezahlt?

Meinen Hof habt ihr schon und mich. Ich mache doch alles, was ihr wollt. Aber wo habt ihr meine Tochter, wo habt ihr sie hingebracht?

Ich stehe auf und suche - doch ich sehe sie nicht.

Ich rufe ihren Namen - aber keine Antwort.

Ich frage alle - niemand hat sie gesehen.

Einfach verschwunden, so als wäre sie niemals hier gewesen.

Gebt mir meine Tochter zurück. Gebt mir endlich meine Tochter zurück!

Wie oft habe ich eure Knute schon bekommen, wie oft habe ich sie schon schmecken müssen, und warum? Was habe ich euch denn getan? Laßt mich doch endlich in Ruhe. Ich tue ja alles, was ihr

sagt. Habe ich schon jemals etwas nicht gemacht, was ihr mir

befohlen habt? War ich jemals ungehorsam? Ein bockiges Kind?

Mein Kind, was habt ihr mit meinem Kind gemacht? Wo habt ihr es

hingebracht?

'Wo bist du?'

'Haben Sie sie gesehen?'

'Ja, so ein blondes Mädchen. Zwölf Jahre!'

'Nein? Haben Sie sie nicht gesehen?'

'Oh Gott, wo ist sie nur? Warum ausgerechnet jetzt? Was hat

sie denn nur wieder gemacht?'

'Was, ich darf hier nicht durch? Aber ich suche doch mein

Kind! Haben Sie sie nicht gesehen, mit einem Rucksack auf

dem Rücken?'

'Ist bei Ihnen ein kleines Mädchen vorbeigekommen? - Nein,

nicht? - Wo ist sie denn nur?'

Ich will nicht mehr raus. Nein, nicht schlagen - ich gehe ja.

Essensrationen gekürzt? Wieso? - Den Plan nicht erfüllt? - Aber

wieso das?

Ach, neuer Plan, mehr arbeiten. - Aber wir sind immer weniger!

Was, das interessiert euch nicht? - Aber was sollen wir denn

machen?

Wollt ihr uns etwa alle verrecken lassen?

'Hat Ihre Tochter meine gesehen?'

'So ein kleines Mädchen. Sehr aufgeweckt. Hast du sie

gesehen? Nicht - schade!'

'Ist bei ihnen ein kleines Mädchen vorbeigekommen? - Wir haben sie verloren.'

'Wie, besser aufpassen? - Vorwürfe helfen uns jetzt auch nicht!'

Hier draußen quartieren - bei der Hitze und den ganzen Mücken. Das könnt ihr nicht machen. - Als Strafe? - Wofür, wir haben doch alles erfüllt!

Wie, unsere Wohnungen nicht sauber? - Aber es ist alles einwandfrei! Dreck unter den Stuhlbeinen? - Aber da ist doch immer Dreck drunter. Wie soll man den denn wegkriegen - Interessiert euch nicht?

Was wollt ihr denn noch mit uns machen?

'Mein Gott, der Zug fährt gleich. Wo steckt sie denn nur? Was sollen wir bloß machen, wenn wir sie nicht finden? Wie kann sie uns das antun - gerade jetzt?'

'Wo bist du nur, du ungezogenes Mädchen? Bringst uns alle in Teufels Küche!'

Warum hat man uns die Handschuhe weggenommen? Wie sollen wir ohne die Taue an den Baumstämmen ziehen? Das reißt uns glatt die Hände weg!

Warum tötet ihr uns nur auf Raten?

Nehmt doch euer Gewehr und haltet drauf!

Macht doch endlich Schluß. Erschießt uns!

Nun los, drück ab, drück endlich ab! - Worauf wartest du noch?

Meinst du, nach mir fragt noch einer?

Dafür habt ihr doch gesorgt, daß niemand mehr nach uns fragen kann! Uns bellt kein tollwütiger Hund mehr nach. Wir sind vergessen!

'Wo hast du denn nur gesteckt? Ach verlaufen! - Weißt du eigentlich, in was für Schwierigkeiten du uns gebracht hast? Was für Sorgen wir uns gemacht haben? - Du kannst doch nicht so einfach weglaufen!'

Ein Pfiff. Ein Rauschen. Langsam, überfüllt und überfordert wie eine alte Ackermähre setzt der Zug die Viehwagen in Bewegung.

Bangen und Zittern.

'Bitte lieber Gott, laß ihn, wenn du Mitleid hast, nach Westen fahren.'

Der Zug rollt. Ganz vorsichtig rollt er und verläßt den Bahnhof: linker Hand! Westen' hauchte der Alte und sank vollkommen erschöpft und überwältigt von seinen Erinnerungen in sich zusammen. An das, was sich in jenen Viehwagen abgespielt hatte, konnte er sich nicht mehr erinnern.

Die Tage zwischen der Abfahrt von der Kreisstadt und der Ankunft in der Hafenstadt waren ein riesiger Erinnerungsbrei, der sich nicht mehr zerlegen ließ. An wievielen Stationen sie haltgemacht hatten, wieviele Male sie zwischendurch aussteigen mußten, all das entzog sich seiner Kenntnis.

Erst mit der Ankunft in der Provinzhauptstadt, die nun einen anderen, für ihn unaussprechlichen Namen hatte, ordneten sich seine Gedanken. Die Fantasien wurden wieder zu Bildern und die Bilder bekamen von neuem scharfe Konturen, setzten sich wieder zu einer Geschichte zusammen.

Er raffte sich auf, um seinen Freund den Rest zu erzählen.

18

"Ein Menschenknäuel" begann er, seine Finger ein wenig vor den Mund gehalten, "entirrte den Wagen und stand mitten in dem, was wohl einst der Bahnhof gewesen war. Jetzt wäre für diesen Trümmerplatz jede andere Bezeichnung richtiger gewesen. Hier und da war ein lauter Zwischenruf zu hören, doch ansonsten hatte sich eine seltsame Ruhe der Szenerie bemächtigt. Müde und hungrig versuchten die Familien und Nachbarn beieinander zu bleiben. Man hielt sich an den Händen und richtete seine Augen auf die, die augenscheinlich nicht mehr die Kraft hatten, weiter zu treiben: Alte und Kinder.

Wir warteten auf Anweisungen, wollten wissen, wie es weitergehen sollte. Aber niemand wagte, danach zu fragen. Niemand wollte auffallen. Um Gottes Willen nicht. Gerade jetzt durfte nichts mehr passieren. Wir erduldeten die zermürbend vorüberstreichenden Minuten. Die, die noch irgendwie einen Koffer mitgeschmuggelt hatten, saßen, während die anderen, ein Bein vor das andere tretend, auf der Stelle standen.

Nach einer guten Stunde dann kam ein Soldat in grüner Uniform, stellte sich auf eine Bank und sprach zu uns.

'Sie jetzt alle gehen hinunter zu Hafen. Dort euer Schiff. Dort warten. Verstanden?'

'Ein Schiff? - Welches Schiff?' war überall ein Raunen zu hören, hektisch betriebsames Tuscheln allerorten.

'Wo das Schiff uns wohl hinbringt?' fragte mich meine Frau.

Ich versuchte, ein Lächeln auf mein von Sorgen gezeichnetes Gesicht zu zaubern.

'Ich sag dir, die wollen uns nicht mehr. Sonst wären wir schon längst in anderer Richtung unterwegs. Die machen drei Kreuze, wenn sie uns los sind. Glaub`mir!'

'Ach, du willst mich doch nur beruhigen!' sagte sie und winkte ab.

'Papa, Papa', quengelte unsere wiedergefundene Kleine. 'Ich habe Bauchschmerzen vor Hunger. Wann bekomme ich etwas zu essen?'

Ihre und unser aller Brotvorräte waren aufgebraucht.

'Warte ab, wenn wir auf dem Schiff sind, bekommst du was!'

'Hören Sie doch auf, so einen Unsinn zu erzählen', mischte sich ein Frau ein. 'Die lassen uns alle verrecken!'

Ich nahm ihren Arm und riß sie wütend zur Seite.

'Was Sie denken, ist mir scheißegal', schrie ich ihr flüsternd ins Ohr. 'Aber tun Sie´s leise und nicht vor dem Kind. Das hat schon Angst genug. Und ich sage Ihnen eins: Solange ich noch hungere, habe ich auch Hoffnung. Wenn Sie ihre Hoffnung aufgegeben haben, tut mir das leid für Sie. Aber mich interessiert es nicht. Meinen letzten Sargnagel haben die noch nicht geschmiedet! Verstanden?'

Ich wandte mich wieder meiner Tochter zu.

'Hör nicht auf die Frau. Gleich gibt es etwas zu essen, ich versprech es dir!'

Langsam verließen wir das Areal und marschierten die Uferstraße hinab. Auch hier von allen Seiten die bekannten Schmährufe. Doch um verbittert zu sein, fehlte uns allen die Kraft. Die, die es noch wahrnahmen, nahmen es hin und setzten weiter einen Fuß vor den anderen. An der Pier, von der aus vor dem großen Krieg Sonntagsdampfer die Sommerfrischler umhergefahren hatten, lag jetzt nur ein einziges Schiff. Grau und trostlos, die Aufbauten heruntergekommen. Aus seinem Schlot kroch ein schwarzes Wölkchen. Die Leute sahen den Seelenverkäufer von weitem. Keinem normalen Menschen wäre er für drei Meilen seetauglich erschienen. So elendig abgetakelt lag er dort am Kai vertäut. Aber wen interessierte das unter diesen Umständen schon? Selbst ein dünner Strohhalm war für die meisten zum dicken Balken geworden. So gingen wir auf das Schiff zu und passierten ein letztes kontrollierendes Spalier von Soldaten, das sich an dem Rest von dem, was geblieben war, schadlos hielten.

Der Kahn hatte eine andere Nationalität, die Soldaten auf ihm anstatt Helmen Barette. Und sie kamen auch nicht den Steg herunter, um uns zu filzen, sondern, um den Alten aufs Schiff zu helfen. Die Nußschale war ein alter Kohlenfrachter, und wir wurden unten in die Lagerräume gebracht. Drückende Enge und Hitze, aber gleichzeitig ein unendlich schöner Geruch. Nein, nicht nach Kohle oder altem Dieselöl. Ein kräftiger, wohltuender Duft. Warm und füllend.

Ich sah Dampfschwaden fett und schwer aus einem Raum kommen.

Wie sie erst über unseren Köpfen schließlich unsere Nasen umschmeichelten.

Speck und Erbsen roch ich. Ja wirklich, Erbseneintopf. Und von allen Mahlzeiten, die ich je gegessen habe, war diese mit Abstand die leckerste, die beste, die schönste!

Anderthalb Stunden dauerte es, bis der Frachter sich in Bewegung gesetzt hatte. Und eine weitere Stunde bis wir auf dem Meer und gerettet waren!" sagte der Deichwart, hob dankend die Arme und streckte sie zum Himmel. Ein dankbares Lächeln fiel auf den Kater, der mit Spannung und Freude die ganze Zeit neben ihm ausgehalten hatte. Seine Augen schlossen sich langsam, und ein zärtliches, warmes Lächeln umspielte seine Mundwinkel. Der Kater musterte ihn. Ein langer prüfender Blick. Der Alte aber hielt seine Augen sanft geschlossen. Sein Körper war ohne jeden

Zweifel hier, seine Gedanken aber woanders. In einer glücklicheren Zeit als der, von der er gerade eben noch gesprochen hatte, oder als der, in der er sich jetzt befand. Er kehrte an den Ort zurück, der Heimat war - *seine Heimat*. Er sah die Birken und die Kastanienalleen, den Raps und die Weizenfelder. Er sah den Planwagen des fliegenden Händlers vorbeiziehen, der zweimal im Jahr angerollt kam, um Töpfe und Eimer gegen Schweinehälften und Hühner zu tauschen. Und die Geschichten, ja all die Geschichten, die er den Sommer hindurch dem Kater erzählt hatte, waren von diesem Moment an nicht mehr ein Sammelsurium längst vergessener Erinnerungen, sie waren wieder ein Teil von ihm geworden, endgültig zu ihm heimgekehrt.

Ganz allmählich und äußerst behutsam erwachte er aus seinen Träumen und drehte ein letztes Mal dem Kater sein Gesicht zu.

"Ja, mein Junge, gerettet waren wir. Aber die Geschichte hat noch nicht ihr Ende erreicht. Wenn du noch ein wenig Geduld hast, werde ich dir den Rest erzählen", strich er seinem Freund sanft um die Schnauze und freute sich an der feucht spielenden Zunge in seiner Hand.

"Unser Dampfer quälte sich mit dem allerletzten Stückchen Kohle in den Hafen. Na ja, eigentlich kein Hafen, sondern eher wohl ein maritimer Schrottplatz. Dort zerstörte Lagergebäude, da ein verrottendes Schlachtschiff, hier eine Reling und der Teil eines Schlotes, der seinen letzten Zug lange schon getan hatte. Eingeschlagene, taube

Fensterscheiben und Schutt überall. Hin und wieder eine Gestalt, die alte, rostige Verstrebungen aufhob, um sie als Alteisen zu verkaufen.

Wir wurden gelöscht, wie Fracht, deren Papiere abgestempelt werden mußten. Aber froh waren wir, hier zu sein, froh, daß uns der Schlund dieses Seelenverkäufers noch einmal ausgespuckt hatte. Nun, dachte ich, sei alles ausgestanden, keine Angst mehr und keine Schikanen. Man wird uns helfen. Alle werden uns helfen. Mit unserer gesamten Habe verließen wir das Schiff. Und die war nur das, was wir am Körper trugen. Jeder drei Unterhosen, drei Hemden. Die Frauen vier Röcke und vier paar Strümpfe. Einige zwei oder sogar drei Mäntel. Keine Koffer, keine Wertsachen, außer den Eheringen.

Nichts, aber auch rein gar nichts.

Ach ja, eine Packung von den Zigaretten vom Flugplatz hatte ich noch. Ich steckte sie dem jungen Maat zu, der uns vom Schiff hinunterhalf. Er nickte freundlich und wünschte mir viel Glück. Wir wurden durch den Hafen und die von Bomben verwüstete Stadt geführt. Alles voll von Frauen, die auf Wägelchen und in Kinderwagen Ziegel sammelten und sie zu Halden brachten. Alles grau in grau. Nirgendwo mehr ein halbwegs heiles Haus, nirgendwo ein Baum. Diese Stadt sah noch weit schlimmer aus als die, aus der uns der Frachter geholt hatte.

Mir schien es, als seien wir direkt aus Trostlos nach Jammertal gekommen. Man hatte notdürftig versucht, die

Straßenbahn wieder in Gang zu bringen. Die aber schunkelte mehr vor sich hin und war darauf bedacht, auch ja nicht aus dem Gleis zu geraten, als wirklich vorwärts zu fahren. Zwischendurch hielt sie immer wieder einmal an. Nein, nicht an ihren Haltestellen, sondern einfach nur so auf freier Strecke. Kein Strom mehr oder Hindernisse auf den Schienen. Wir wurden in ein Übergangslager gebracht, von wo aus uns eifrige Beamte anhand von Listen und einer Latte Vorschriften auf die Dörfer und Städte in diesem Landstrich verteilten. Wenn man auch nur mit äußerster Mühe eine Latrine finden konnte, es nichts außer Graupenmehl und so etwas wie Kartoffelresten zu essen gab, eins war wichtiger, und darauf war Verlaß: Die Mühlen der Verwaltung mahlten wieder in ihrem alten Trott. Menschen waren totzukriegen - Papier niemals.

Das einzige, was dieses Papier zusammenließ, waren Familien. Ansonsten wurde unser Abbau vollkommen zerpflückt. Alle auch irgendwo im Norden, mehr oder minder nah an der Küste, aber niemand in demselben Dorf oder der gleichen Stadt. Uns wurde dieses kleine Nest hier zugewiesen, samt seines freundlichen Menschenschlages. Es wurde Zeit, sich von den anderen zu verabschieden, von unserer Nachbarstochter und ihrer Mutter, von dem kleinen Mädchen, das zu uns gekommen war und dessen Mutter man irgendwo im Westen ausfindig gemacht hatte, und von den anderen Leuten, die mit uns im Abbau gewohnt hatten. Fest davon überzeugt waren wir, daß man uns in dem kleinen

Dorf mit der gebotenen Gastfreundschaft und Hilfsbereitschaft aufnehmen würde, so wie wir sie zu Hause gezeigt hatten. Schließlich waren wir keine Bittsteller oder Tagediebe, sondern ohne unser Verschulden in Not geratene Landsleute. Keiner von uns hatte hierher wollen. Aber nun waren wir einmal da.

Als wir aber in das Dorf kamen, da zeigte sich der wirkliche Wind, der uns hier entgegenblasen sollte. Der schmeckte nicht nur nach salziger Seeluft, der roch förmlich faul. Niemand erwartete uns, niemand grüßte uns, niemand machte Anstalten, mit uns ein Wort zu wechseln.

Man sah an den Gesichtern der Leute, als was wir betrachtet wurden. Eindringlinge waren wir vom ersten Moment an für sie, ein Kuckucksei, das man ihnen in ihr warm wohlig widerlich riechendes Nest gelegt hatte.

Wir gingen die gepflasterte Hauptstraße entlang zu dem Haus, in dem wir untergebracht werden sollten. Alle Fenster waren mit schäbigen Holzbrettern verrammelt. Alleine ging ich die paar angefressenen Stufen hinauf, versuchte durch die Haustür zu schauen, konnte aber nichts erkennen.

Ich klingelte.

Warten.

Ich klingelte ein zweites Mal

Wieder Warten.

Beim dritten Mal endlich vernahm ich ein leises Schlurfen.

Ein grauhaariger Mann zog ganz langsam die Tür auf, sah mich, schaute, ob irgendwo Gepäck war und fragte mich äußerst zurückhaltend, was ich von ihm wünsche.

'Sind Sie Haus Nr. 23?'

'Ja, das sind wir', antwortete er mit einem freundlichen Lächeln.

'Entschuldigen Sie, daß wir so einfach hier auftauchen. Wir sind von der Behörde auf dieses Haus verteilt worden.'

Für einen kurzen Moment grimmig, setzte er sofort wieder sein Honiglächeln auf: 'Ja, ja, ich habe Post erhalten. Aber das ganze muß ein bedauerlicher Irrtum sein!'

'Ein Irrtum? Wieso?'

'Na sehen Sie doch selbst!' zeigte seine Hand mit einer bemitleidenswerten Bewegung auf seine Diele, oder besser gesagt das, was von ihr übriggeblieben war.

Abgebrochene Bretter, überall Schutt und Putz, alles aufgerissen. Der Fußboden übersät mit faustgroßen Löchern.

'In dieser Bruchbude kann man doch selber kaum wohnen. Das kann ich Ihnen doch nicht zumuten! Ich habe bereits vor längerer Zeit bei der Behörde einen Antrag gestellt, daß Sie eine bessere Wohnung zugeteilt bekommen. Hier geht es wirklich nicht. Beim besten Willen. Aber Sie sehen ja selber. Der Krieg ist an keinem spurlos vorübergegangen, auch nicht an diesem Haus', reichte er mir die Hand, empfahl sich und schloß die Tür.

Kaum war ich auf der Straße angelangt, kam meine Frau auf mich zu.

'Na, ist die Diele kaputt?'

'Aber woher weißt du?'

'Hat er dir erzählt, er hätte sie als Brennholz verfeuert?'

'Das nicht! Aber woher wißt du nur?'

Ihre Hand zeigte zwei betagten Damen hinterher, die fünfzig Meter weiter um eine Straßenecke bogen.

'Der hat letzte Woche alles aufgerissen, als er gehört hat, er bekäme Vertriebene in sein schmuckes Häuschen. Hat so lange Hand angelegt, bis alles unbewohnbar war!'

'Das ist doch nicht dein Ernst!' schaute ich erst sie ungläubig an und dann wütend zu dem Eingang hinüber.

'Der zerstört sein halbes Haus, nur um anderen nicht behilflich sein zu müssen?'

Wütend ging ich zu einem der Nachbarhäuser und fragte dort, seit wann denn die Diele dieses hilfsbereiten Landsmannes so aussähe. Zuerst nur barsch abgewiesen, bekam ich schließlich von einem alten, verwachsenen Weib die Geschichte meiner Frau bestätigt. Mir war übel. Hätte ich noch einmal an der Schelle dieses Menschen geklingelt, der Rest seines Hauses wäre auch unbewohnbar gewesen.

Enttäuscht ging ich mit meiner Familie zu jenem Amt am Marktplatz in dem kleinen Rathaus, an das mich der Mann mit seinem honigsüßgutmütigen, falschen Grinsen verwiesen hatte.

'Nein, da können Sie nicht hin. Da hat es letzte Woche einen Rohrleitungsschaden gegeben.'

'In der Diele?' entgegnete ich dem Beamten verwundert.

'Mmh. Ja. Also', schaute er , so als könnte er es selbst gar nicht glauben, noch einmal in die graubraune, ausgefranste Akte. 'Doch ja. In der Diele. So steht`s hier!' sagte er, machte eine Pause und schob seinen Bandwurmkopf in eine andere Akte. 'Gut, dann gucken wir mal, wer Sie dann aufnehmen muß.'

'Wieso muß?' schaute ich ihn an. 'Ist denn keiner freiwillig bereit uns zu helfen?'

'Wenn ich ehrlich sein soll ...', kratzte er sich am Hinterkopf. 'Nein. Niemand. Hier nicht!'

Ja mein Guter", sagte der Mann und hatte wieder jenes Lächeln in seinen Augen, das eine Mischung aus Gleichgültigkeit und Trotz darstellte. "Niemand wollte uns. Niemand war bereit, uns zu helfen. Ich fühlte mich wie ein Fremder im eigenen Land, wie ein ungeliebtes Kind, das man lieber heute als morgen loswerden wollte. Keiner hier hat sich jemals dafür interessiert, was uns widerfahren ist. Ihre Geschichten vom Krieg erhielten Jahr um Jahr ein Tüpfelchen Rosa mehr. In ihren Märchen waren wir die Guten geblieben und die anderen die Grausamen, die unser Land besetzt und geteilt hatten. Und wie das Leben so spielt, waren auf einmal nicht mehr alle die Bösen, sondern nur noch ein Teil von ihnen. Die, die uns mit ihren Bombern bedacht hatten, waren über Nacht zu den Guten geworden und die, die im Osten waren, zu den Bösen. Und böse von denen im Osten war nicht nur der, der die Befehle gab, sondern per se alle. Jeder einzelne von diesem Dreckspack.

Hier hingegen berief man sich auf den, der die Befehle gegeben hatte, der war schlecht gewesen und alle anderen im Grunde - nun seien wir doch mal ehrlich - schuldlos vom Anstreicher verführt worden. Und während man sich hier kollektiv freisprach und die ehemaligen Domänenfürsten über unsere Köpfe hinweg über meine Heimat verhandelten, die uns von den dreckigen *** geraubt worden war, hatte niemand den Mut einzugestehen, was wirklich geschehen war. Nicht der böse Feind im Osten hatte unser Land verteilt. Nicht die, die selber vertrieben waren, hatten mir meine Heimat weggenommen. Ich bin nicht von anderen, von Fremden vertrieben worden. Mein Land hat mich vertrieben. Die Gedanken von jenen, die mehr haben wollten als das, was ihnen zustand. Und da frage ich dich, was kannst du noch für ein Land tun, das dir alles genommen hat? Kannst du so weitermachen als wäre nichts geschehen?

Die meisten können - Ich nicht!

Ich werde für dieses Land den Rest meines Lebens nicht mehr tun, als hier, etwas erhöht, über ihm zu sitzen, auf das Meer zu schauen, ab und zu einen Maulwurf zu fangen und es zu verachten.

Ach nein ...", schüttelte er den Kopf. "Verachten kann man nur jemanden, den man geliebt hat. Mein Haus, unseren Tümpel, das Fichtenwäldchen und die große Pappel habe ich geliebt. Das alles war mir ans Herz gewachsen, das war meine Heimat, mein Land. Nicht jener Flecken auf der Landkarte, der mir die Staatsangehörigkeit in die Papiere gebrannt hat.

Diesen Flecken kann man nicht verachten. Nein, das kann man nicht.

Aber verlachen kann man ihn. Ja, verlachen werde ich ihn. Für den Rest meines Lebens.

Ja, ha, ha ...", prustete er dem Regen entgegen, der ihm ins Gesicht blies. "Ich lache über ihn ha, ha, ha ..."

19

Mit dem Kater an seiner Seite stieg er vom Deich hinab. Als sie ein Stück des sandigen Trampelpfades gegangen waren, hielt der alte Mann inne. Er kniete sich zu dem Kater, nahm seinen Kopf zwischen die Hände und schüttelte ihn. Gemeinsam gingen sie die Hauptstraße entlang. Wie immer hatte der Alte seinen Spaten über die Schulter gelegt.

Sie passierten die Post, das schmucke Rathaus und schließlich die Backsteinkirche, deren Glocken läuteten. Ein Sarg wurde hinter der Kirche auf den Friedhof hinausgetragen.

Einer wie er, ein Angeschwemmter, ein Niemand, ein Nichts wurde dort beerdigt. Fünf ganze Seelen betrauerten ihn. Ansonsten vergoß keiner eine Träne. Der Pfarrer stand an dem offenen Grab, ließ die Trauergemeinde ein Lied singen, griff zur Schaufel, streute ein paar Brocken Erde auf den Sarg und wollte diese Beerdigung, die nicht einmal einen anständigen Leichenschmaus versprach, so schnell wie möglich hinter sich gebracht wissen.

Der alte Mann beobachtete gemeinsam mit dem Kater alles von weitem und wartete, bis die Gesellschaft Abschied genommen hatte. Dann ging er auf den Friedhof und betrachtete das Grab. Doch nicht der Tote interessierte ihn. Er kannte ihn ja kaum, den armen Wicht. Nein, der Lage des Grabes wegen war er herangekommen. Und tatsächlich. Wie alle anderen lag der soeben Bestattete in der Treibgutecke, fein säuberlich getrennt von den ehrenwerten Toten.

Auch er würde irgendwann dort liegen. Dort, wo eigentlich nur die ihre Heimstatt gefunden hatten, die sich in der Blüte ihres Lebens selbst zum Herrn gerufen hatten. Aber wen wunderte es schon, daß in diesem Nest Fremde neben Selbstmördern lagen? Wen wunderte es, daß man nicht einmal im Tod einer von ihnen sein durfte, sondern abseits an der Kirchenmauer beigesetzt lag?

Die Menschen hier lebten in einer Welt, die nicht die des alten Mannes war. Sie waren in einer Welt der Verdrängung beheimatet, in der alles Vergangene in eine große Kiste mit der fett gestempelten Aufschrift 'Ungesehen. Unbearbeitet. Erledigt. Unterschrift. Datum´ gelegt worden war. Fein säuberlich, wie sich das gehörte, hatte man sie auf den Speicher in die hinterste Ecke verbracht und gehofft, daß sie dort die Zeit vergessen würde.

Und hätte nicht der Zufall an die Speichertür geklopft, ich denke, die Zeit hätte der Kiste ihr Mäntelchen umgelegt und sie für immer dort schlummern lassen. Denn wer hätte sie öffnen sollen?

Der alte Mann lebt nicht mehr. Lange Jahre schon ist er tot. Liegt irgendwo, zwar weit entfernt von jener Treibgutecke, aber noch weiter von dem Ort, an dem er geboren wurde.

Seine Heimat hat er niemals wiedergesehen.

Das einzige, was man ihm, solange er lebte, gelassen hatte, waren seine Erinnerungen. Doch die waren mit ihm begraben worden.

Seinen Enkeln hat man Geschichtsbücher gegeben und gehofft, daß sie verstehen. Aber daß in jeder alten Seele mehr Geschichte steckt als in diesen Büchern, das hatte man ihnen nicht gesagt. Sie haben diese Bücher gelesen und gelernt, wer was wann und warum gesagt hat. Wer aber auf welche Weise dafür leiden und bezahlen mußte, davon wissen sie nichts.

Das einzige Leid, das sie kennen, kommt aus dem Fernseher, und das tut nicht weh. Und was nicht weh tut, dagegen muß man nichts tun. Und wo man nichts gegen tun muß, das kann so schlimm nicht sein!

Und sollte eines Tages ein irgendwer, ein Nichts, ein Niemand an ihre Tür klopfen, oder sollten sie wohlmöglich selbst irgendwann zu denen, gehören, die sie heute noch im Fernsehen sehen, was wird dann sein?

Dann stehen sie dort und fragen sich, was sie tun sollen.

Und niemand wird da sein, der ihnen hilft.

ENDE